キッドナップ・ツアー

角田光代著

新潮社版

7193

キッドナップ・ツアー

挿画　唐仁原教久

夏休みの第一日目、私はユウカイされた。

なんの予定もなくて、家にはだれもいなくて、寝転《ねころ》がって見ていたテレビに映《うつ》った、新発売のアイスクリームがおいしそうだったから、買いにいくつもりで家をでた。岡田歯科の角を曲がり、向こうにセブンイレブンが見えたとき、うしろから走ってきた車が私の真横でスピードを落とし、しばらく先でとまった。運転席の窓《まど》が開き、男が顔をつきだして

「おじょうちゃん、お乗りになりませんか」

と声をかける。私は男をじっと見つめたまま車までのそのそと歩き、助手席のドアを開けた。車の中はきんと涼《すず》しかった。アイスクリームなんてどうでもよくなるくらい。

「背、伸《の》びたな、ハル」

運転席の男は言った。ユウカイ犯《はん》は私の名前を知っている。

「そうかな」

私もこの男を知っている。なぜなら、おかしいほど大きなサングラスをかけたこの男は、私のおとうさんなのだ。

「車、どうしたの」

私はきいた。おとうさんの車はセブンイレブンを通りすぎ、並木道《なみきみち》の住宅街をまっすぐに進む。木々の葉っぱは目が痛《いた》くなるくらい、ちらちらと輝《かがや》いている。

「ああこれ、もらったんだ」

「私ね、車乗るの大好きなんだ。おかあさんはほら、免許《めんきょ》持ってないでしょ。でもこのまえさゆりちゃんのおとうさんに車乗せてもらってさあ、あ、さゆりちゃんてクラスの子、すごく美人なんだけど、その子んちの車乗せてもらって、気持ちよかったなあ。ねえ、私、ファミリーレストランいきたい」

私はべらべらしゃべった。いつもそうなのだ。緊張《きんちょう》すると、言葉がどんどんのどにはいあがってきて、とまらなくなる。緊張しているのは、おとうさんに会うのが

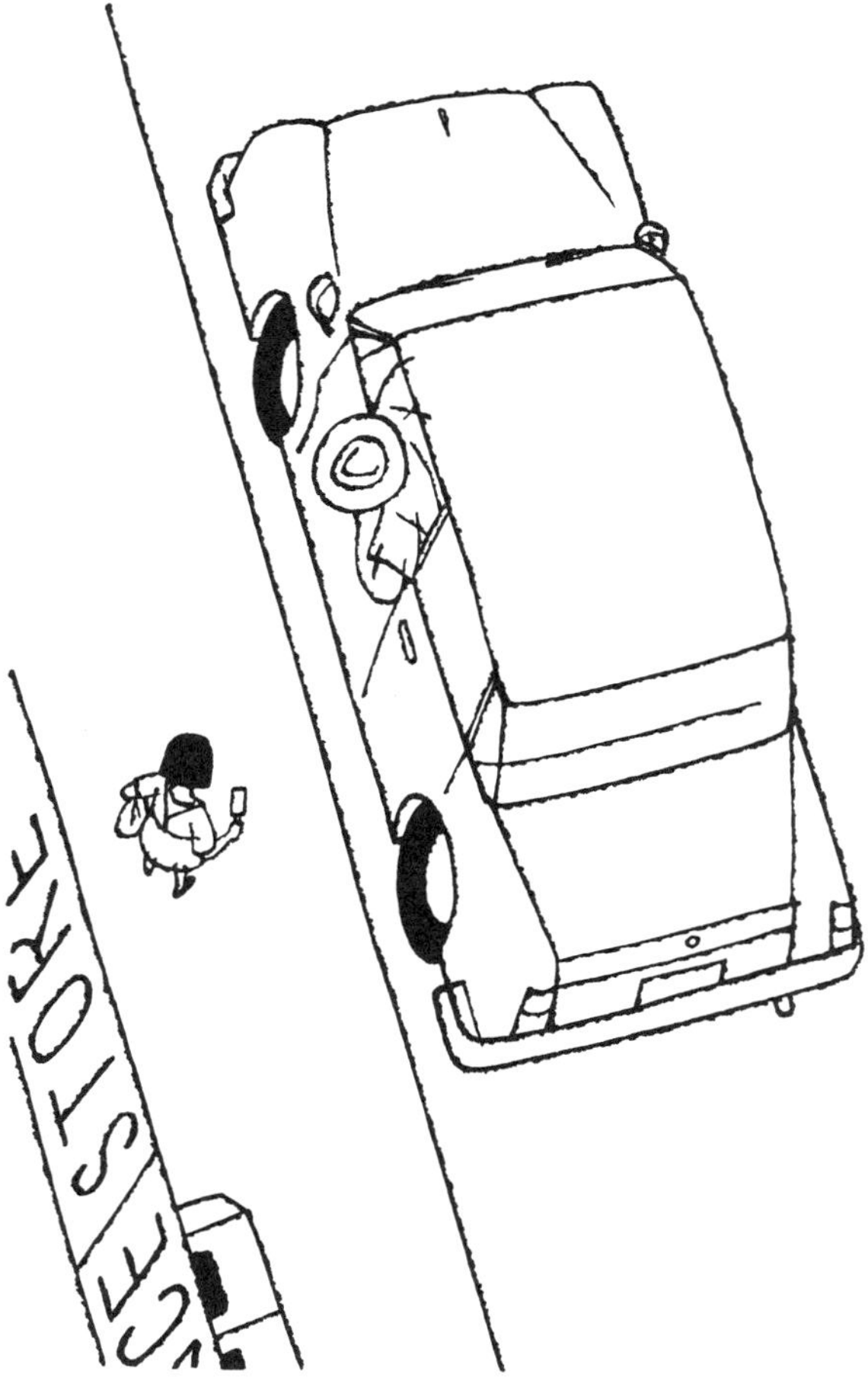
CE STORE

すごくひさしぶりだから。

「ファミリーレストランて、いろいろなものが食べられるでしょ。近所にできたんだ、大きな通りのところに。それでみんなと食べにいったんだけど、あ、みんなって、おかあさんとその妹たち。知ってるよね、あさこちゃんとゆうこちゃん。でもああいうところって、歩いていくの、なんかかっこ悪いと思わない、みんな車だもん」

「いいか」赤信号で車をとめて、おとうさんは私を見た。「おれはあんたをユウカイするんだ。当分帰ることはできないんだから、覚悟《かくご》しておけよ」

「うん、いいよ」

車の中をぐるぐる見わたしていいかげんな返事をした。フロントミラーのわきにはあんまり趣味《しゅみ》がいいとは言えない色あいのお守《まも》りがいくつかぶらさがっていて、ダッシュボードには舌《した》をだしたくまのシールがはってあった。だれにもらったんだろう、この車。

「どうせ今日から夏休みだもん。なんの予定もないしさ」

「じゃあおとなしくユウカイされるんだな」

おとうさんがきく。

「うん、おとなしくユウカイされてみるよ」

答えると、おとうさんは唇《くちびる》を真横に開いて笑いかけた。

おとうさんはいつもこんなふうにふざけている。おかあさんが貝にあたって真っ青な顔をしているときも、ばかみたいなことばかり言っている。真剣《しんけん》にならなくちゃいけないときも、ばかみたいなことばかり言っている。

で何度もトイレにかけこんでいるとき、おめでただ、ハルに妹か弟ができる、でもおれは身に覚えがない、いったいだれの子供だ、なんて騒《さわ》いで、おかあさんを泣かしてしまったこともあった。おとうさんがまだ火の消えていない吸《す》いがらをゴミ箱に捨ててしまって、家の中が煙《けむり》だらけになったときも、スモークだとはしゃいで、おかあさんのスカーフを体じゅうに巻いてファッションショーのまねをしてふざけ、二日後までおかあさんに口をきいてもらえなかった。

そうなるとわかっているのにおとうさんはやめない。怒《おこ》られているおとうさんはさすがにかわいそうだから、私だけでもつきあってあげることに決めたのだ。それがおもしろかろうと、全然おもしろくなかろうと。テレビの電源はメインスイッチを切ってきたし、クーラーもとめてきた、きっとおかあさんはもうじき帰ってくるから、私がおそく帰ってもきっとだいじょうぶだろうと、そんなことを考えていた。

並木道《なみきみち》がとぎれると駅前のロータリーが見えてくる。ロータリーは高校生くらいの人たちでにぎわっていた。駅をすぎ、線路と並行しておとうさんの車は走る。見知った光景がどんどんうしろに流されていく。

「昼、食《く》ったか、ハル」

「食ってない。だからファミリーレストランに連れていってよ」

「よしわかった。これから毎日、好きなものを好きなだけ食って暮《く》らそう」

おとうさんは大声で答える。私はシートにもたれて、ちらりとおとうさんの横顔を見た。私は背なんか伸《の》びていない。たった二か月かそこいらで背が伸びるのなら、私はいつまでも列の先頭で腰《こし》に手をあてたりしていない。もっとうしろのほうでみんなと同じ、前ならえの姿勢をとっている。でもおとうさんがそう言ったのは、きっとほかに何を言ったらいいか思いつかなかったからなんだろう。そんなにおなかは減っていないのに私がファミリーレストランにいきたい、なんて言ったのといっしょだ。

おとうさんに会うのはひさしぶりだった。最後に会ったのはまだ梅雨《つゆ》がはじまっていないころだった。けれどそれまでだって、おとうさんは家にいるんだかいないんだか、いるとしても帰ってくるのは私が眠《ねむ》りに落ちるころだし、朝目が覚めてもおとうさんはとうにでかけているかまだ寝《ね》ているかしていた。ひょっとしたらおとうさんって、帰ってきていないんじゃないか、と思いはじめたのは去年くらいからだ。夜、おかあさんと向きあった食卓《しょくたく》で、おとうさんおそいね、と言うとおかあさんは

「いそがしいのよ」

とだけ言い、朝姿が見えないから、おとうさんは、ときくと、

「もうでかけちゃったわ」

そんな答えがかえってくる。サンタクロースじゃないんだから、そんな毎日毎日、私が寝入《ねい》ったころあいにきて目覚《めざ》める前にでていくなんて、おかしいと思っていた。

だからときどき、日曜の朝、下におりていってパジャマ姿のおとうさんとばったりでくわしたりすると、飛びあがるくらいおどろいた。さらに、いっしょに朝ごはんを食べることになったりすると、何を話していいんだか、どこを見ていいのかす

らもわからなくなるのだ。好き、とかきらい、というのは、毎日会ってる人だから言えることなんだと気づいた。おとうさんのことが好きなのかきらいなのか、私は自分でわからなくなっていた。

そうして二か月くらい前から、本格的におとうさんは帰ってこなくなった。朝も、夜も、日曜も、家の中のどこにもおとうさんはいなくなった。おとうさんはいそがしいから仕事場を借りて、そこにいるのだとおかあさんは教えてくれた。もし何か話したいことがあればかけなさいと言って、電話番号を書いた紙もくれた。もちろん、電話なんかかけなかった。めんどうくさいのが三分の一、ちょっとこわいのが三分の一、話したいことなんてとくにない、というのが三分の一。私は八つの番号の書かれた小さな紙切れを、机のひきだしにしまってしまった。

おとうさんがいなくなっても、家はあんまりかわらなかった。そう言うとおとうさんがなんとなく気《き》の毒《どく》だけど、でも本当にそうだった。だってそれまでだって、あんまりいなかったわけだし、私はとうの昔《むかし》におとうさんのこと、好きでもきらいでもなくなっていたんだから。

かわったことといえば、おかあさんの仕事が前よりいそがしくなったことと、家の中が前より何倍もにぎやかになったことだ。というのは、おとうさんがいなくなってから、おかあさんの妹、あさこちゃん（三十一歳《さい》、独身、絵の先生）がちょくちょくくるようになったし、おかあさんのおかあさん、つまりおばあちゃんもよく遊びにくる。おかあさんのもう一人の妹、ゆうこちゃん（二十九歳、独身、アルバイト）もたまにくる。おかあさんが仕事でおそくなるときはかならずだれかしらうちにくるし、全員そろうこともある。

ゆうこちゃんはイベントが大好きで、ちょっとしたことでもすぐイベントにしてしまう。たとえばビデオ上映会。部屋を真っ暗にして、好きな飲み物とお菓子《かし》を床《ゆか》にならべて、みんなでビデオを観《み》る。観ているあいだはおしゃべりをしちゃいけないと決めたのはゆうこちゃんなのに、いつも決まってゆうこちゃんが、こいつが絶対に犯人だと思う、とか、この男、顔はいいのにおしりの形がよくない、とか言いだしてしまうのだ。それからファッションショーもやる。ものまね大会もやる。あさこちゃんがとにかくうまい。絵の先生なんてしていないで、それを仕事にしたらいいのにと思うくらい、いろんな人のまねができる。

それでときどき、忘《わす》れてしまいそうになる。うちにおとうさんがいたなんてこと。

私におとうさんがいたなんてこと。おとうさんがどんなふうにふざけて、おかあさんがどんなふうに怒《おこ》ったか。まるでつまらないギャグをおとうさんが言ったとき、おもしろくないのにどんなふうにして笑ったか。

おとうさんは地下の駐車場《ちゆうしやじよう》に車を入れて、サングラスをはずす。私は先におりて、レストランへ向かう階段をかけ足でのぼった。メニューを持った白いエプロンのおねえさんに、二人、と二本指をつきだす。かしこまりました、こちらへどうぞ、先に立って歩くおねえさんのスカートのすそが、ふわふわ揺《ゆ》れている。私が席につくころようやくおとうさんはレストランに入ってきた。

レストランはそんなに混んでいなかった。前のテーブルではスーツ姿の男の人が二人向きあっていて、遠くの大きなテーブルでは、頭をいろんな色に染めた人たちが何か真剣《しんけん》に話しあっていた。おとうさんは私の前にすわっておしぼりでていねいに指をふき、顔をふき、首をふいた。おやじくさいなあ、と思ったけれど言わなかった。やっぱりひさしぶりだと、いろんなところで気をつかってしまうのだ。

ばさばさと大きなメニューを広げ、食べ物を選ぶ。さっきまでそれほどおなかは減っていなかったのに、ずらりならんだ写真を見ているといろいろ食べたくなってくる。

何種類もの料理の写真がのったファミリーレストランのメニューは大好きだ。なんていうか、いろんなことが全部うまくいく、そんな気持ちになるのだ。こわいこととか、心配なことが、色とりどりの料理の陰《かげ》にすうっと消えていってしまう感じ。ならんだ料理の一つ一つをゆっくりながめていく。

「おれ、和風ハンバーグのセットと、あとビールな。もしおねえさんきたらたのんどいて。ハル、好きなもん、好きなだけ食えよ」

そう言っておとうさんは席を立つ。

「どこにいくの」

「電話してくる。おかあさんに」

「なんで?」

「だからあんたをユウカイしたって。それと、条件を言わなきゃならないだろ」

「条件」

「かえしてほしかったら何々しろとか、そういうことだよ」

おとうさんは胸《むね》をはって、あたりまえだろ、と言わんばかりにそう言った。ユウカイごっこはまだ続いているらしい。

「おかあさんねえ、今留守《るす》だよ。今日は仕事のない日だけど、あさこちゃんといっしょにバーゲンセールいってる」

それをきくとおとうさんは乱暴にすわりなおした。私はもう一度メニューに顔をうずめる。

「それに、おかあさんにそういうのが通用《つうよう》しないって、知ってるでしょ。また怒《おこ》られるだけだよ。冗談《じょうだん》だってなんだって、うちにお金なんかないの知ってるでしょ」

「金を要求するなんて、だれも言ってない」

さっきテーブルまで案内してくれたおねえさんが、注文をとりにくる。私はさんざん迷って、えびフライのセットといちごババロアを注文した。おねえさんは私たちのメニューをまとめて持っていってしまう。置いていってくれればいいのに。そうしたらもう一度最初から、ゆっくりながめていくことができるし、それに、食事中、おとうさんとの会話が不自然に消えてしまっても、そこに目を落として何か選ぶふりができるのに。

Menu

白いエプロンのおねえさんがいってしまうと、私たちのテーブルは静まりかえる。両手をももの下に押《お》しこんで足をぶらつかせ、何をしゃべろうか考えてみる。あんまりいい話が思い浮《う》かばない。おとうさんもなんだか黙《だま》って、ポケットをさぐってたばこを捜《さが》している。

「お昼よりちょっと前にあさこちゃんがきてさ」ようやく話すことを思いつき、パッケージからたばこを取りだすおとうさんの指を見つめて口を動かす。細くて、長くて、ちょっと色の黒いおとうさんの指。「いっしょにいく？　って私も誘《さそ》われたんだけど、あの人たち、長いでしょ、そういうの。私の服見てくれるのなんてほんの少しでさ、あとはずっと、ちょっと待っててってお店の中入っちゃってさ。それでさんざんまわったあと、もう一回一番最初の店に戻《もど》ったりするじゃん。あれ、秋のマラソン大会と同じくらいつらいと思うときあるんだ」

「おれもあんまり好きじゃない、あいつらの買い物につきあうの」

たばこの煙《けむり》の向こうでおとうさんが言う。おねえさんがビールを持ってくる。おとうさんはそれを持ちあげ、おいしそうに飲んだ。

「でね、あさこちゃんがほしいものあったら買ってきてあげるって言うから、たのんだの」

「何を」

「ワンピース。肩《かた》がでるやつで、Aラインで、真っ黄色のでっかいひまわりが、一面にプリントされてるの」

「おとなっぽいじゃん」

「でもそんなのあるかどうかわからない、私が頭の中でこんなのがあったらいいなって思っただけだから。どこにもないかもしれない」

ああああ。話がおわっちゃった。つぎに何を話そうかな、と考えているとおとうさんが口を開く。

「これから先長いんだから、どこかでそういう服見たら、買ってやるよ。それにあんた何も持ってないだろ、着替《きが》えとか、靴下《くつした》とか、水着とかさ。必要なものがあったら言うんだぞ」

そう言ってたばこの火を消し、あんまり高いのは買えないけど、と、小さな声でつけたした。

おとうさんのハンバーグセットが先に運ばれてくる。おとうさんが食べはじめてしまうと、またテーブルは静まりかえる。私は頬杖《ほおづえ》をついて窓《まど》の外をながめた。

ガラス戸の向こうは、まっすぐにおりてくる太陽の光があちこちにぶつかりあって輝《かがや》いている。どれもこれも窓を白く光らせた車がならんですぎていき、私と同じ年くらいの女の子たちがプールの袋《ふくろ》をふりまわしながら歩道を歩いていく。夏休みがはじまると、昨日までと何もかわらないはずなのに、なんだか町はちがうふうに見える。光が昨日より強くなり、木々が昨日より色濃《いろこ》くなり、町全体が遠足の前の日みたいにそわそわしはじめる。スープをするおとうさんを見て、私は言った。

「ねえ、これからどこにいくの」

「どこでもいいんだ」おとうさんもスープ皿から顔をあげて私を見る。「つまりこれからずっと長いこと逃《に》げるんだからさ、どこにだっていけるわけなんだよ。海にいきたいって思ったら海もいける、山もいける、どこにいくなんて予定もたてないで、ただ移動し続けることもできる。ただこの近所はいやだな、このあたりだと、おかあさんたちに会う可能性がないとは言えないだろ」

私の料理が運ばれてくる。おとうさんは口をつぐんで皿をならべるおねえさんの手をじっと見ていた。

「なんで逃げるの」

おねえさんがいってしまうのを待って私はきいた。

「さっき言っただろ、おれはあんたをユウカイしたんだよ、ユウカイしたんだから居所《いどころ》がばれないように、あちこち逃げまわらなきゃいけないわけ。あんた、意外《いがい》と人の話きいてないんだな、学校で先生に言われるだろ、注意力散漫《さんまん》って」

そんなことを言われて少々むっとした私は、

「おとうさん、しつこいよ。ユウカイごっこは、もうあきたよ」

できるかぎり冷たい声をだした。しつこいのはおやじの証拠《しょうこ》だよ、とも言ってやろうかと思ったが、そこまで言えるほどまだなじんでいなかった。

「ごっこじゃない」

おとうさんは私の目を見てそう言った。いすの上で数センチあとずさってしまうほど、真剣《しんけん》な表情だった。しかたない、つきあってやるか、と心の中で思った。もちろんそれがごっこだと信じていたし、明日かあさってには家に帰れるんだろうと思っていた。だから、どこかでひまわりのワンピースを見つけても、おとうさんに買ってもらうつもりはなかった。だってきっと、家に帰ったら私がイメージしたとおりのものか、あるいはちょっとちがうけれどあさこちゃんが選んでくれたナイスなワンピースが私を待っているんだから。

いつのまにかレストランは混んできていた。私とおとうさんが黙《だま》りこんでも、どこかの席からきこえる笑い声や話しあう声が、ひっそりと遠慮《えんりょ》がちに私たちのテーブルに散らばった。私はときどき顔をあげて、グラスに半分ほど残ったビール越《ご》しにおとうさんを見た。背をまるめて、お皿に顔を近づけるようにしておとうさんは食事をする。いつもおかあさんに怒《おこ》られていた食べかただ。まだなおってない。金色の液体の向こうに、宿題をする男の子みたいにまじめな顔でハンバーグを口に入れるおとうさんの顔が揺《ゆ》れている。

空《から》になったお皿がすべて持っていかれ、かわりにいちごババロアが運ばれてくる。

「もう帰ってるだろ」

ひとりごとみたいにそう言っておとうさんは席を立った。スプーンを片手にふりかえり、遠ざかるおとうさんの背中を見つめる。人で埋《う》まったテーブルの合間《あいま》をすり抜《ぬ》けて、白いシャツはレジの前の公衆電話に向かっていく。カードをすべりこませ、受話器を耳にあて、こちらに背を向ける。ずっと向こうで動かないその白いシヤツが、全然知らない男の人の背中に見えて、急にどきどきする。私は本当に、このまま帰れないのかもしれないと、そんな気持ちが胸《むね》をよぎる。

「帰ってた、おかあさん？」

戻《もど》ってきたおとうさんにきく。

「やっぱり要求はのんでもらえなかった。しかたない、つきあってもらうことになるぞ」

笑わずにそんなことを言う。

「要求ってなんなの」

「それは言えないなあ」

おとうさんはここではじめて笑った。ほっとして、身をのりだしてきいた。

「ワンピース、あったって？」

「いいじゃん、あったってなくたって。どうせ帰れないんだし」

おとうさんはそう言って、しわくちゃのパッケージからもう一本たばこを抜き取った。

もう一度車に乗りこむころには、太陽の位置はぐんと下がっていた。だけどまだ空は高くて、太陽も白く光っている。車が駐車場《ちゅうしゃじょう》をでたとき、どこにいくの、とおとうさんにきいた。

「どこがいいかなあ」ぼんやりした声でおとうさんはそう言うだけだった。

車の中はひんやりしていて、静まりかえっている。ダッシュボードにはられたくまのシールをながめて、考えごとをする。おとうさん最近どこにいってたの、といううきかたはへんだろうか。もう二度とうちには帰ってこないの、ときくのも、なんだかいやな感じだ。頭の中につぎつぎ浮《う》かぶ考えは細い糸みたいにからまりあって、結局何も言うことができなくなる。おとうさんが片手でテープをかける。私の知らない歌が流れはじめる。そうぞうしい、たぶん英語の歌。

「ハルはどこにいきたい、山か、海か、温泉か、牧場か」

流れる歌に負けないようにおとうさんが声を大きくしてきく。

「そのどれかじゃなきゃいけないの」

私も声をあげてききかえした。おとうさんはたばこを口に持っていく。

「いや、ほかのところでもいいけど」

「じゃあ、マースペにいきたい」

「はあ?」

「マースペだよ、マーク&スペンサー」

マーク&スペンサーは私の家の最寄《もよ》り駅から電車に乗って十分の場所にできた、真新しい巨大デパートだ。みんな省略して、マースペと呼んでいる。

本当のことを言うと、それほどいきたいわけでもなかったけれど、あそこなら今日のうちに家に帰ることができる、と思ったのだ。

「だれなんだ、それは」

おとうさんがきくので、私はマースペについて説明した。おとうさんはあの有名なマースペを知らない。あんなに大きなデパート、近所に知らない人なんていないのに。おとうさんはデパートができる前にうちからいなくなったから知らないのだ。マースペのオープンセールに、私はおかあさんと、あさこちゃんと三人でいった。

「そうだな、買い物もしなきゃならないんだった。じゃあさハル、あんた自分の必要なもの、何買うか考えておいてよ」

おとうさんは言ってたばこの煙《けむり》を吐《は》きだした。車の中が白くかすみ、なつかしいにおいでいっぱいになる。

太陽がゆっくりオレンジに色をかえはじめるころ、車はデパートの駐車場《ちゆうしやじよう》についた。私たちは車をおり、専用エレベーターでデパートに入る。早足で歩くおとうさんを追いかけて歩いた。化粧品《けしようひん》やアクセサリーのあいだをぐんぐん進んで、おとうさんはエスカレーターに乗る。オープンセールにきたときと比べたら、デパートの中はすいていた。床《ゆか》も壁《かべ》も天井《てんじよう》も、全部白い。二階、三階、とあがっていくうち、夢の中で知らない建物を探検しているみたいに思えてくる。

子供用品のフロアでおとうさんはエスカレーターをおり、

「何が必要？」

ふりかえって先生みたいな口調できいた。

「そうだなあ」

私は言いながら、おとうさんの先に立って真っ白な床を歩きはじめる。赤ちゃん用品の店先で、小さな男の子が顔を真《ま》っ赤《か》にして泣いている。奥《おく》にはたぶんその子のおかあさんが真っ白い綿《わた》みたいな赤ちゃんを抱《だ》いている。ドレスのたくさん吊《つ》るされた静かな店では、髪《かみ》の長い女の子がおかあさんといっしょに、一枚のドレスを見つめている。白いレースに、薄桃色《うすももいろ》のビーズのドレス。ピアノの発表会かな。私もピアノを続けていれば、あんなドレスを着られたのに。私の耳よりもっと小さい靴《くつ》がならんだ店の前を通る。奥にゲーム売場を見つけて早足になる。ショーウィンドウにはゲームのパッケージがぎっしりつめこまれていて、私はガラスに顔をくっつけて目あてのゲームを捜《さが》す。四月に発売されたゲームソフトだ。今の私に何が必要かと言ったら、これ以外に思いつかない。二週間おかあさんにたのみたおして、それでも買ってもらえなかったのだ。

「あった、あれ、あれがいい」

おとうさんを見あげて言う。おとうさんはまゆをハの字にして顔をゆがませ、

「なあ、クリスマスプレゼントを選びにきてるんじゃないんだぞ」と言う。「必要ないじゃんか、ゲーム機もないのに」

「だってほかに必要なものなんか、ないもん。ゲーム機ならうちにあるし」

おとうさんはわざとらしく長いため息をついて、私の腕《うで》を引っぱる。おとなしく引きずられていくと、おとうさんが私を連れていったのは洋服屋だった。いらっしゃいませ、おそろいのエプロンをした女の人たちがいっせいに声をあげる。どうせ

ならさっき見た、ザ・清楚《せいそ》、かつ非日常的なドレスなどを買ってほしいのに、ドレスなんか一枚もない、ジーンズとかTシャツのならんだ、ふつうの店。おとうさんは店の中に私を押しこむように背中をこづき、

「とりあえず二、三着、好きなの選んでよ」

声を低くして言う。ふりかえって何か言おうとするとおとうさんは顔をしかめてみせ、

「あのな、あんまり高いものはやめてほしいんだ」

さらに声を落として言った。しかたがない、店に足をふみ入れ、近くにある棚《たな》をのぞいていく。ちらりと見るとおとうさんは入り口で腕組みをしてこっちをながめている。おとうさんがどんなつもりなのかは知らないが、ユウカイごっこがいつまで続くかわからないが、もうなんだってどうだっていいや、そんな気持ちで服を見ていった。

チェックのブラウス。英語のプリントされたTシャツ。デニムのスカート。無地《むじ》のジャンバースカート。やわらかい生地《きじ》のショートパンツ。

ずっと昔《むかし》、やっぱりこうしておとうさんとデパートにきた。私が四歳のときだ。

おもちゃ売場のフロアに私を連れていって、なんだっていい、一番ほしいものを選んでいい、とおとうさんは言った。一時間近く、あっちへいったりこっちへいったりして悩《なや》んでいる私を、おとうさんはすみのほうでじっと待っていた。自分の背丈《せたけ》より大きいくまを選んで、おとうさんを呼《よ》びにいった。おとうさんはくまをひっくりかえして値段を調べ、ああだめだ、と泣きそうな声で言った。こんなに高いの、おとうさんには買えないよ。悪いなあハル、おとうさんびんぼうなんだよ。がっくりとうなだれる私をのぞきこんで、おとうさんは秘密《ひみつ》をばらすように続けた。でもな、サンタなら買えるかもしれない。そのつぎの日の朝、そうクリスマスの朝、枕《まくら》元《もと》に私の選んだくまがあった。それで私は知ったのだ。サンタクロースなんていないこと。

吊《つ》るされた服やたたんである服を一着一着見ていくうちに、なんとなく腹がたってきた。おとうさんがたいしておもしろくもないユウカイごっこをやめようとしないからではなくて、ゲームソフトを買ってくれないからではなくて、理由なんかわからないけれどとにかくいらいらした。私は時間をかけて、一着一着の服の値段をたしかめていった。デザインや色が好きじゃなくても、お店の中で一番高いものを買ってやろうと思った。

そうして私は四着の服を選びだした。値段の高さに比例して不思議と服のデザインはへんてこなものばかりだった。いろんな色が飛び散ったただぼだぼのTシャツ。ポケットがあちこちについたやっぱりだぼだぼの膝丈《ひざたけ》パンツ。いろんな生地《きじ》をつぎあわせたジーンズ。おかあさんのパッチワークの失敗作を思わせる柄《がら》シャツ。どれもこれも、私が着たことのない種類の服、つまりおかあさんが絶対に買ってくれそうにないものばかりだ。だいたい、おかあさんは私に女の子っぽい服ばかり着せようとする。たいてい落ち着いた色あいの無地《むじ》。よくてチェックの柄。派手《はで》な色が散らばったようなものは「下品《げひん》」という理由で買ってくれない。無難《ぶなん》なものは下品じゃないと信じこんでいるのだ。その人の人柄なんかとは関係なく。

選んだ服をわたすと、おとうさんはそれをレジに持っていった。「下品」な服を着る自分を想像してみたら、さっきのいらいらは少しだけおさまった。

それからおとうさんは旅行用品売場にいった。歯ブラシとタオル、携帯《けいたい》用の洗濯《せんたく》セット、ブラシやひげそり、そんなものを一つずつ選んで買い物かごに投げこんでいく。自分用の大きいかばんと私用の小さいリュックまで選びはじめている。あとをついてまわりながら、やばいな、とはじめて思った。これは本当に、家には帰れないのかもしれない。おとうさんは私を連れてどこかへ逃《に》げるのかもしれない。レジにのせた買い物かごからお店の人が品物を取り、機械にバーコードを読みこませるぴっぴっという音が鳴るたび、私はどきどきしていく。でもなんのために？　自分のむすめをユウカイしたっていいことなんか一つもないはずだ。きっと今日だけだ。今日だけどこかに泊《と》まって、明日家に帰れるだろう。さっきの服は、きっとおみやげだ。そんなふうに自分に言いきかせるけれど、どきどきはどんどん高まっていく。

買ったものをすべてうしろのトランクに入れて、おとうさんの車は日の暮れかけた道を走りだす。道のずっと先、ならぶビルの合間《あいま》にゆっくりと橙《だいだい》の太陽が沈《しず》んでいく。建物でぎざぎざになった地平線が、うっすらとピンク色に染《そ》まっている。そのピンクを目指すように車は走る。マーク＆スペンサーはサイドミラーの中でどんどん小さくなって消えてしまう。通りの両側に建つのは塾《じゅく》やビデオ屋やそば屋や、どこにでもある街並《まちな》みだけれど私の知っている場所ではない。私の知っている場所はサイドミラーの中でどんどん遠ざかっていく。こわくなる。一人でいったピアノ教室の帰り、迷子《まいご》になったときのことを思いだす。あのときの、胸《むね》の中のざわざわがよみがえってくる。おとうさんのかけていたテープの片面がとぎれてから、私はきいた。不安な気持ちをさとられるのはなんとなくくやしいから、わざと平気なふうをよそおって、ぶっきらぼうに。

「それで今日は帰れないってわけだね。どこかに泊《と》まるってことでしょ」

「そういうことになるなあ」

のんきな声でおとうさんは答える。なんだか、むかつく。

「それならそれでいいからさあ、あんまりちゃちなところに泊まるのはごめんだよ。ゴージャスなところじゃないといやだからね。天井《てんじょう》びっしりシャンデリア攻撃《こうげき》、足元はふわふわじゅうたん、部屋は専用ジャグジーつき、執事《しつじ》が銀のトレイに朝ごはんのせてくるようなところなら泊まってやってもいい」

おとうさんはちらりと私の顔を見て、

「あんた、いろんな言葉知ってるんだなあ」感心したように言った。テープをうらがえして、

「でもホテルに執事はいないんじゃないの、執事は」それだけ言ってだまりこんだ。

町の明かりがだんだん減ってきて、車のヘッドライトに照らしだされるのは道をおおようにならぶ木々と、どこか眠《ねむ》りこんだような家ばかりになる。本格的に不安になってきて私はもう何もしゃべらない。英語でがなりたてるような曲だけが流れ続ける。目指す場所があるのかないのか、おとうさんはハンドルを右にきり左にきり、きっとここで一人おろされたら私は永遠に家へ帰りつくことはできないだろう。けれど不思議なことに、不安でたまらないのに私はどこかわくわくしてきた。学芸会の本番直前みたいに。

車は次第にスピードをゆるめ、はげかけた看板《かんばん》をさあっと照らして方向をかえる。車がとまる。砂利《じゃり》じきの駐車場《ちゅうしゃじょう》だ。ライトに浮かびあがった看板は旅館のもので、どうやらこの駐車場の先にあるのが今晩《こんばん》の宿《やど》ということらしい。冗談《じょうだん》じゃない。駐車場の向こう、暗闇《くらやみ》の中にぼんやり浮かびあがっているのは、シャンデリアともふかふかじゅうたんとも無縁《むえん》の、小さなおんぼろ旅館だった。

「ここ、どこなの」

きいてみたがおとうさんは答えずに、キーを抜《ぬ》き取《と》り荷物をまとめはじめる。おとうさんが車をおりたので私もあわててあとに続いた。

「ここに泊《と》まるの？　ジャグジーはあるの、銀のトレイの朝ごはんはあるの」

やっぱりおとうさんは何も答えずに、おんぼろの建物に向かって歩いていく。木《もく》造《ぞう》の二階建てで、看板のライトは切れかけてちかちか点滅《てんめつ》している。あたりを見まわしてみるが、ライトの点滅する看板をべつにして街灯《がいとう》はなく、闇に溶けこんだ周囲に何があるのかまったくわからない。風で葉っぱのこすれあう音がしたから、木々に囲まれているのかもしれない。おそるおそるついていくと、お化け屋敷《やしき》のような薄暗《うすぐら》く古い旅館の戸をおとうさんは思いきり開けた。

旅館の中はいくぶん明るかったのでほっとした。少なくとも、幽霊《ゆうれい》のオンパレードで眠れないことはなさそうだ。おとうさんがフロントの人と何か話しているあいだ、私は先にスリッパをはいてあちこちながめまわした。フロントを真ん中にして左右に広がっていて、左側はドアがならんでいて、右側は食堂になっていた。食堂にはだれもいないのにテレビがつけっぱなしになっていた。食堂の入り口には大きな水槽《すいそう》があり、汚《よご》れた水の中で二匹の魚がどんよりと泳いでいる。

二階の部屋に通されてすぐ、おとうさんは電話をかけにいった。ほかにすることがないので、色あせたカーテンを開けたり閉めたり、冷蔵庫《れいぞうこ》を開けたり閉めたり、崩《くず》れ落《お》ちそうなそなえつけのたんすを開けたり閉めたり、つまり、部屋の中で開けたり閉めたりできるものはみんなそうしてその向こうをたしかめた。けれどおもしろいものは何一つなかった。窓《まど》ガラスの向こうには、不気味に暗いグレイの建物の壁があるだけだったし、冷蔵庫《れいぞうこ》の中に特別魅力的《みりょくてき》な飲み物はなく、たんすの中には浴衣《ゆかた》が数枚入っているだけだった。

しかたなくたたみの床《ゆか》に腰《こし》をおろしてテレビをつけた。チャンネルをかえ、いつもおかあさんと見ている番組を捜《さが》す。見なれた司会者と見なれたタレントが画面にあらわれるとなんだかほっとした。

おとうさんはなかなか帰ってこなかった。本当におかあさんと取り引きをしているのだろうか。私は本当におとうさんにユウカイされたのだろうか。

その日の夜、ふとんをならべておとうさんと寝《ね》た。ふとんは雨の日のにおいがした。

部屋に戻《もど》ってきたおとうさんに、どうだった、ときくと、渋《しぶ》い顔をして、うーん、とうなっただけだった。おかあさん、なんか言ってた、ときいても、うーん。怒《おこ》ってたでしょう、そう言ってみてもやっぱり同じうなり声がかえってくるだけだった。

「ハル、あんたおかあさんが作ってくれる料理の中で何が一番好きだ」

うとうとしかけたときおとうさんが急にそんなことをきいた。豆電灯《まめでんとう》のオレンジ色の明かりの下で、その小さな声はゆっくり部屋じゅうに広がっていくようだった。

「ちらしずしと、ミートローフ」

私は即答《そくとう》した。そう口にしたら、急におなかが減った。ちらしずしも、ミートローフも、最近食べていない。

「ああミートローフ、うまいよなあ。でもおれはそれより、コロッケがうまいと思うな。あんなコロッケが食べたいと思ってもなかなか食べられないんだよなあ。それからさ、夏なら冷え冷えワンタン。あれもうまいよなあ」

「私は冷え冷えワンタンより、クリームスパゲティだな。それからね、特製キムチグラタン」

「そういうの、口が子供って言うんだよ。スパゲティもグラタンもおれはあんまり好きじゃないんだよな、口が大人だから。たことトマトの入ったサラダ、あれもうまかったしな、手羽《てば》のかりかり揚《あ》げも食いたいなあ。かりかり揚げはもう少しこしょうをきかせてくれるといいんだけど」

おとうさんはそれからしばらく、暗闇《くらやみ》の中で、おかあさんの定番メニューを一つ一つあげていっては感想をのべていった。私は頭の上の、オレンジ色の小さな明かりを見つめておとうさんのぼそぼそした声をきいていた。

おかあさんは最近、前より料理をしなくなった。ミートローフもかりかり揚《あ》げも、おいしかったのは覚えているけれどどんな味だったのかちゃんとは思いだせない。いそがしいのだからしかたがない。それに私はデパートのおかずがまずいとは思わないし、あさこちゃんがときどき作る料理だって好きなのだ。もちろん、優先順位をつけるのなら、第一位は何があってもミートローフとちらしずしだけれど。

「じゃこと油揚《あぶらあげ》のまぜごはんもなかなか酒にあう味だったよなあ」

おとうさんはかまわず続けている。まぜごはんも、特製スパゲティも、最近食べてないこと、なぜだかおとうさんに言えなかった。それで私は記憶をひっかきまわしてしゃべる。

「爆弾《ばくだんや》焼きおにぎり知ってる？　中にいろんな具が入ったでっかい焼きおにぎり。あれも好きだよ、私」

ふと会話がとぎれ、おとうさんが寝《ね》ているほうから、きゅるるるる、と動物の鳴

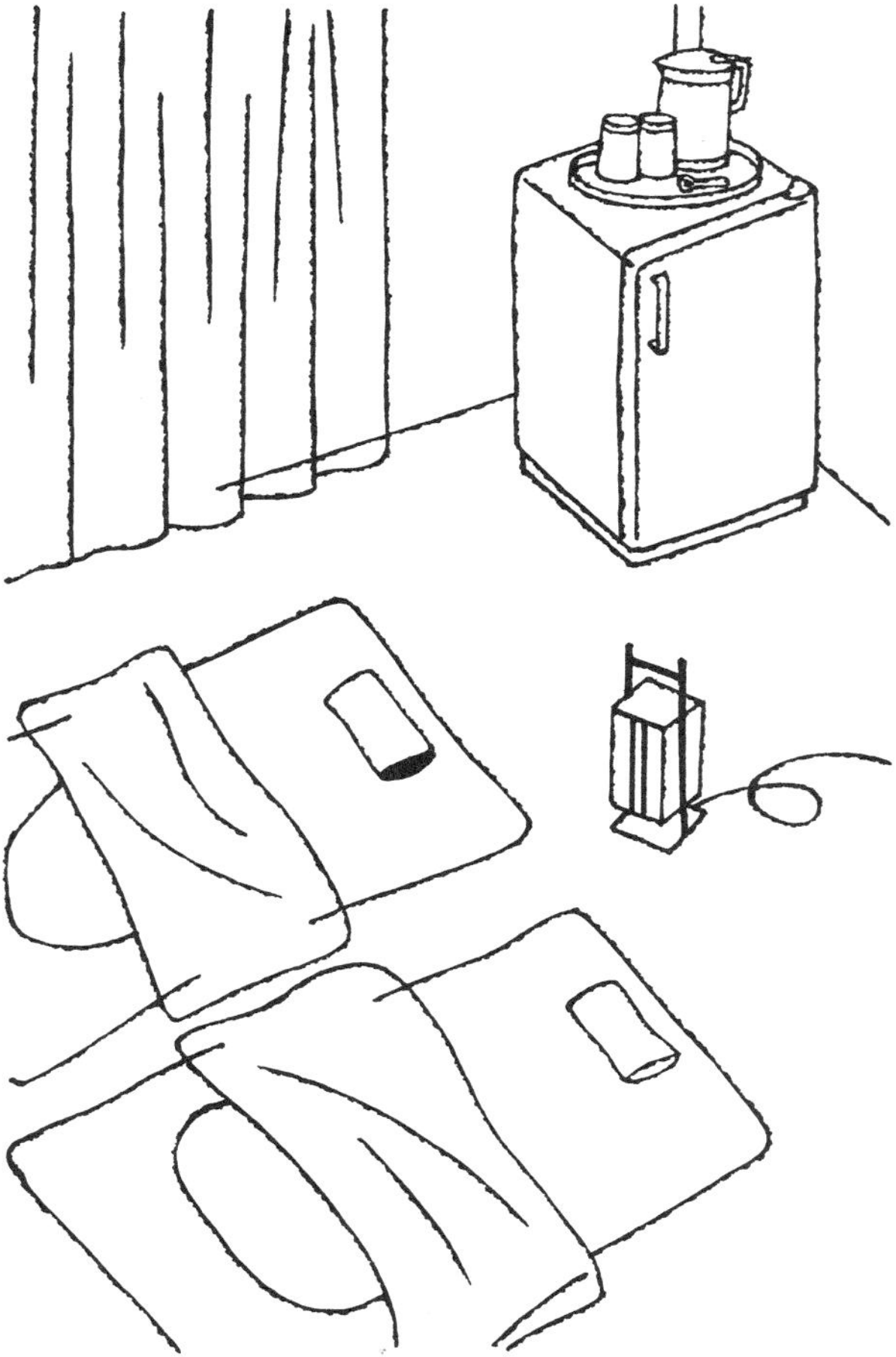

き声みたいな腹の虫がきこえてくる。私はふきだした。おとうさんもつられて笑った。

おかあさんの全料理のメニューがあればいいのに。ファミリーレストランのメニューみたいな、大きくて、写真つきで、ぴかぴかしたメニューが。突然《とつぜん》そんなことを思う。そうしたら今ここで、すぐにでも立ちあがって部屋の明かりをつけて、雨のにおいのふとんの上にそれを広げて、おとうさんとはしからはしまでながめることができる。心配ごとも悲しいことも一つだってない、全部が全部うまくいくにちがいない、そんな気持ちになることができるのに。そう思ったら、泣きたいような気持ちになった。泣かないように、ふとんに顔を押《お》しつけて雨のにおいを胸《むね》いっぱい吸《す》いこまなければならなかった。

朝、もちろん執事《しつじ》が銀のトレイに朝食をのせて持ってきてくれるはずはなかった。お昼の校内放送みたいに、スピーカーから飛びだすひびわれた声が私たちを起こした。

朝食のお時間でございます。どうぞ食堂におあつまりください。朝食のお時間でございます。

深い赤のカーテンは太陽の光でピンク色に染まり、そこここにあいた虫喰《むしく》いみたいな穴ぼこから、すうっと光の帯がのびていた。起きあがってふとんをたたみ、昨日おとうさんが買ってくれた「下品《げひん》な」服に袖《そで》を通した。赤や黄色が飛び散ったTシャツと、ポケットだらけのだぼだぼパンツ。姿見《すがたみ》で上から下まで確認してから(服が私を着ているみたいに妙《みょう》だった)洗面所で顔を洗う。洗面所から首を伸《の》ばしておとうさんを見ると、ふとんの上に上半身だけ起こして、まぶたを半分落としてじっとしている。頭の毛はぐしゃぐしゃで、顔色はさえなくて、ゾンビみたいだった。カーテンを開け放っても、テレビのスイッチをつけてみても、おとうさんはまるっきり動かない。ごはんだって、と、三度くらい声をかけてようやく、おとうさんは立ちあがった。私を見もしないで、夢遊病のくまみたいにぼんやりと部屋をでていく。

食堂では何人かの人たちが朝ごはんを食べていた。ボロ旅館には似《に》あわないおしゃれをした三人組の女の人たちと、金髪と茶髪のカップル、それから頭の真っ白な老人夫婦《ふうふ》が二組。食堂の一面は全部窓《まど》ガラスになっていて、金色の光がいやというほどさしこんでいる。窓《まど》ガラスの向こうではびっしり葉をつけた大木がぺかぺか光っていた。

頭くしゃくしゃのおとうさんは私の向かいにすわって、宙《ちゅう》を見つめてお箸《はし》を割る。金髪茶髪カップルが、ちらちらと私たちを見ている。私たちはどんなふうに見えるんだろう。一人は病《や》みあがりのくまみたいに、ぼうっとした顔でお味噌汁《みそしる》をすすっている男だし、もう一人は派手《はで》なシャツに派手なパンツを身につけている子供。どう見られたっていいけれど、生卵をうまく割れなくてテーブルに白身をこぼしている、ぼさぼさ頭の男が私のおとうさんだと思われたくはない。朝のおとうさんて、こんなにかっこ悪かったっけ。私はできるだけ知らんふりして、きちんと卵を割り、きちんとお箸を使って食事をした。

おとうさんがようやくふつうモードに切りかわったのは、朝ごはんを食べおえて、食後に缶《かん》コーヒーを買い、ロビーのソファで飲んでいたときだった。

「今日の予定を発表する」

チームリーダーみたいな重々しい口調《くちょう》でおとうさんは言った。

「予定なんてあるの」

「ある。まず車をかえしにいく。それから電車に乗って海を目指す。夕方には海だ」

昨日は、どこへいこうかなあ、なんてたよりない声で言っていたくせに。本当は、海、という言葉をきいて、今すぐにでも海に飛びこみたい気持ちになったのだけれど、すんなりOKするのはなんだかしゃくにさわる。

「車をかえすってなんなの、だれにかえすの？　車はもらったんじゃないの？　それに、海にいくって勝手に決めてるみたいだけど、選択権《せんたくけん》は私にあるんじゃないの？」

「ハルはデパートとかそんなことしか言わないから申しわけないが決めさせてもらった。選択権はあんたにも少しはあるが主導権《しゅどうけん》はこちらが握《にぎ》っているのだということを忘れないでもらいたい」

おとうさんは、アニメの悪玉が宣言するような口調で言ってソファから立ちあがった。乱れた浴衣《ゆかた》のすそをふりまわしながら、大股《おおまた》で部屋に戻《もど》っていく。正直言うと、私はわくわくしはじめていた。もしだれも見ていなかったら、廊下《ろうか》を走りまわって創作《そうさく》ダンスを踊《おど》って気をしずめたいくらいだった。ずんずん歩いていくおとうさんの背中に向かって、私は叫《さけ》んだ。

「ねえユウカイ犯《はん》、なんだっていいけど、そのみっともない頭をなんとかしてから部屋をでてよね、いっしょにいるのが恥《は》ずかしくなるから」

おとうさんはふり向くと、あわてた顔をして唇《くちびる》に人さし指をあて、しいーっ、と息をもらした。


両側に山が立ちならび、そのあいだを走る細いくねくね道を一時間ほど走った。左側に釣《つ》り堀《ぼり》屋の小屋が見えてきて、その駐車場《ちゅうしゃじょう》におとうさんは車を入れる。

車、かえしてくる、それだけ言っておとうさんは車をおりる。私も荷物をまとめ、助手席からおりた。おとうさんが釣り堀屋の、ガラス戸の向こうに消えてしまったので、駐車場にしゃがみこんで砂利《じゃり》をいじった。

あたりはしんと静まりかえっていた。私が投げる石ころがほかの砂利にぶつかる音だけが響《ひび》いた。顔をあげてガラス戸を見る。中は暗く、しゃがんでいる私だけがぼんやり映《うつ》る。砂利をいじる手をとめると、もっと静かになる。木々の葉が風に揺《ゆ》れて、そこいらじゅうをなでつけるようなかすかな音がきこえてくる。急に不安になって、立ちあがっておとうさんを呼《よ》びにいこうとしたとき、ガラス戸は引かれおとうさんがでてきた。おとうさんのうしろからもう一人男の人がでてくる。野球帽《やきゅうぼう》をかぶった背の高い人で、おとうさんよりずいぶん若く見えたけれど、子供ではなかった。

「はじめまして、神林《かんばやし》です」

その人はそう言っててぃねいに頭を下げた。私を子供扱《あつか》いしない人に会ったのはひさしぶりなので、どぎまぎして、ロボットみたいにぎこちない動きで頭を下げることしかできなくて、自分の名前も言えなかった。

おとうさんと神林さんは車に近づいて何か言葉を交《か》わしていた。私は二人のうしろ姿を、そこにつっ立ったまま見つめていた。空に向かって両腕《りょううで》を広げるような大木に囲まれて、二人はおたがいをこづきあったり、肩《かた》をたたきあったりして笑っていた。クラスメイトの男子みたいだった。神林さんより頭一つ背の低いおとうさんのうしろ姿は、私の知らない人になっている。背中をのけぞらせて笑ったり、相手の背中をばんばんたたいたり、そんなふうにはしゃぐおとうさんを私は知らない。本当にユウカイされた子供のように心細くなる。自分のてのひらを見つめた。さっきまで砂利《じゃり》をいじっていたせいで、白く汚《よご》れていた。

私のわからない話題でさんざん笑いあったあと、二人は戻《もど》ってきた。

「冷たいものでも飲んでいきますか」

神林さんは女の子をデートに誘《さそ》うような口調《くちょう》で私にきいた。

「釣《つ》りをしていってくれてもいいんだけれど」

「どうする」

おとうさんは私を見おろしてきく。私は何も答えなかった。しばらくの沈黙《ちんもく》のあとで、

「いこうか」

おとうさんが言った。

「駅まで乗せていってやるよ」

神林さんはそう言って、車のキーをちゃりちゃりいわせて車に近づいていった。

その場につっ立ったまま、自分のてのひらを見おろしている私におとうさんがきく。

「どうした、ハル、腹でも痛いか。それともトイレか」

「うるせえな」できるかぎり低い声をだして言ってみた。「猫《ねこ》なで声だすな」

おとうさんは肩《かた》をすくめて見せて、車のほうに歩いていった。

おとうさんが助手席にすわり、私は後部座席《ざせき》に一人ですわった。おとうさんと神林さんはずっとしゃべっていた。一言もききもらさないよう耳をすませていたけれど、二人が何について話しているのかさっぱりわからなかった。赤信号で車がとまったりすると、ときどき神林さんがこちらをふり向いていろいろ話しかけた。

「夏休みだっていうのに釣りをしにきてくれる人が少ないんですよ、もしよかったら今度お友達連《つ》れてきてくださいよ、あのあたりは川の水もきれいだし、釣りがはじめてだったら教えますよ、なかなかおもしろいんです」

そう言ってみたり、

「ぼく、あなたに会ったことがあるんだ、まだあなたがはいはいもできないころ。おみやげに、モロゾフのクッキーを買っていったらみんなに笑われたんですよ、まだ食べられるわけがないって」

そんな話をしたりもした。おとうさんはそのたび、前を向いたまま、

「こんなところで客寄《きゃくよ》せか」とか「そんなことハルが覚えてるわけないだろ」とか、茶々《ちゃちゃ》を入れた。

そんなすべてを私は無視した。何を言われても窓《まど》の外に顔を向けて、さっき通った道が逆方向に流れていくのを見ていた。

自分が怒《おこ》っているのか、緊張《きんちょう》しているのか、泣きだしたい気持ちになっているのか、自分でもわからなかった。ただその三人の乗った車の中は、あんまり居心地《いごこち》のいい場所ではなかった。体じゅうをざらざらした冷たい何かが猛《もう》スピードでかけめぐっている感じだった。おとうさんが無神経に、トイレにいきたいのかときいたりしたからかもしれないし、おとうさんと神林さんが私のわからない話で笑っているからかもしれないし、私がどこへいきたい、何をしたいとも言わないのに話がどんどん先に進んでいるからかもしれない。理由はわからないけれどとにかく私の状態は「不機嫌《ふきげん》」そのもので、神林さんが大人にするように話しかけてくることにも次《し》第《だい》にいらいらし、同時に、そうしてもらっているのにまるきり子供の態度で無視している自分にも腹がたった。

私がずっと口をきかないので、前の席の二人は私に話しかけるのをあきらめて、また二人の話をはじめた。二人が交《か》わす言葉の中に、キョウコ（おかあさんの名前だ）というのもでてきて、知らんふりしたまままき耳をたてたけれど、そういう肝《かん》心《じん》なところで二人は声のトーンを落として話の中身は私まで届かなかった。

昼寝《ひるね》しているような小さな駅で車はとまり、みんな車をおりた。神林さんは改札《かいさつ》まで見送りにきてくれた。おとうさんが切符《きっぷ》を買っているあいだ、小さな駅の建物の中で私と神林さんはならんで立っていた。きっと私が無視し続けたせいで、神林さんはもう私に話しかけてこない。おとうさんは窓口で駅員と何か話している。私、ユウカイされてるんだよ、私これからどうなるんだろう、そう言いたくて神林さんを見あげたとき、目があった。神林さんは私を見おろしてにっこりと、年をとった犬みたいに笑った。そのとき、私はふっと思いだした。おとうさんがいて、おかあさんがいて、私は涼《すず》しくてやわらかいところで寝かされていて、それから神林さんがいたこと。おとうさんと神林さんが私をのぞきこんで、そう、犬みたいに笑っていたこと。そのあとおかあさんが私を抱《だ》きあげたこと。神林さんの笑顔の向こうに、そんな光景が一瞬《いっしゅん》見え隠《かく》れしたのだけれど、それははっきりと輪郭《りんかく》を結ぶ前にすっと消えてしまった。それがいつで、どこで、どんなふうだったかちゃんと思いだす前に消えてしまったので、本当には私の記憶ではないのかもしれない。さっきの話をきいて、私が勝手に作りあげた光景なのかもしれない。なにしろそんな小さなころのことを覚えているはずもない。

自分の荷物と、昨日の買い物袋《ぶくろ》を抱《かか》え、両手に一本ずつ缶《かん》ジュースを持っておとうさんが戻《もど》ってきた。

「じゃあ、いろいろありがとな、また連絡《れんらく》するから」

おとうさんは神林さんに言って私にジュースを押《お》しつけた。

「ハルちゃん、いつか本当に釣《つ》りをしにきてくださいね」

神林さんは腰《こし》をかがめ、目線を私にあわせてそう言った。きっといきます、でもいい、またね、でもいい、たった一言でも神林さんに何か言いたくて言葉を捜《さが》していると、ホームからアナウンスがきこえてきた。二番線に電車が参《まい》ります、白線の内側までさがってお待ちください、はきはきした女の声がやかましくくりかえし、私の舌《した》の先にのった言葉をのみこんでしまった。

おとうさんは私の背中を押すようにして改札《かいさつ》をくぐり、ジュースを一本落として拾い、切符《きっぷ》をポケットにねじこみ、せわしなく動いた。電車がホームに走りこんできて、乗りこむ寸前に、改札をふりかえると神林さんはそこに立って手をふっていた。駅の建物の向こうに広がるロータリーは真っ白に光っていた。

ロータリーも、ホームも見えなくなるころ、向きあった席にすわったおとうさんは自分のかばんから、ポッキーやら冷凍《れいとう》みかんやらを取りだして、窓枠《まどわく》にならべた。

「昼すぎに一回乗りかえるから、そのとき駅弁《えきべん》買おうな。鯛《たい》めしとか鯵《あじ》の押《お》し鮨《ずし》とかが有名だけど、まあなんでもいいや、それまでに腹が減るといけないから、いろいろ買っておいたんだ。好きなものを好きなときに食っていいからな」

射的場《しゃてきじょう》みたいに窓枠にならべられたお菓子《かし》を見た。ポッキー、チョコレートがけクッキー、チョコレート、冷凍みかん、それからするめ、キャラメル。がっかりする。おとうさんは私が甘《あま》いものを好きじゃないことを忘《わす》れているんだ。うんと小さなころから歯医者に通って、甘いものを禁止されて、それでいつのまにか甘いものをおいしいと思えなくなっていた。ずうっと前、おまえめずらしい子供だなって、そう言って、いっしょにポテトチップスを食べたくせに。

「さっきの神林っていうのは、学生のときからの友達。あいつずいぶん前に会社やめて、あんなところで釣《つ》り堀《ぼり》屋はじめたんだ。へんなやつだったろ、あいつまわりに子供がいないから、どうやって話していいかわかんないんだよ。あんたが赤《あか》ん坊《ぼう》のころ遊びにきて、あんたを抱《だ》きあげたときもおろおろして、見ていられないっておかあさんが抱《だ》かせなかったんだよ。それにしてもひさしぶりだな、電車に乗るの。いいなこういう、向かいあわせの席は。遠くにいくって気がするもんな。それにしてもすいてるよなあ、夏休みだっていうのに」

おとうさんはべらべらしゃべる。おとうさんがしゃべればしゃべるだけ、さっきから続いているわけのわからないいらいらは倍増するし、それといっしょにがっかりもしていく。私はかたく口を結んで何もしゃべらない。車の中にいたときと同じように、窓《まど》の外をにらみつけている。さっきわたされた缶《かん》ジュースがてのひらの中でびっしり汗《あせ》をかいている。

「昼すぎに乗りかえるだろ、そこからさらに二時間近く電車に揺《ゆ》られなきゃならないから、海につくのは夕方だな、だからまあ、今日は宿《やど》とって、のんびりして、明日思いきり泳げばいいよな。あ、そうだ、水着だよ水着。水着買うの忘れてたな、まあどっかで売ってるだろ」

おとうさんは頭がおかしくなってしまったみたいにしゃべり続けている。ちらりと横目でようすをうかがってみた。窓際《まどぎわ》に置いたお菓子《かし》のならび順を意味もなくかえながらおとうさんはしゃべっている。それで、わかった。おとうさんは上機嫌《じょうきげん》のあまりしゃべり続けているのではなくて、困っているのだ。私がずっと口をきかなくて、不機嫌で、その理由がわからないから困っているのだ。

「たばこ吸っていいのかな、でもだれも吸ってないもんな、あとで駅員さんが通りかかったらきいてみよう。これ、遠慮《えんりょ》しないで食べていいからな。おれはおかあさんみたいに、あれを食べちゃいけない、これも食べちゃいけないなんてうるさいことは言わないんだから。ああそうだ、時刻表買ったんだよな、さっき。乗りかえがうまくいくか調べてみるよ。弁当《べんとう》買ってるあいだに電車でちゃったら困るもんな」

最後のほうはほとんどひとりごとのように言いながら、おとうさんはお菓子のならび順をかえるのをやめてかばんの中をいじりはじめる。そうしているおとうさんはものすごくみっともなくてかわいそうで、きっと、私が何か一言でも口を開いたらもう少し落ち着いて静かになるのだろうということはわかったが、そうして実際、私は自分がどうしてこんなに不機嫌なのかわからなくて、黙《だま》っているのにもつかれてしまっていて、神林さんを覚えているってことを言いたくもあったのだけれど、窓の外をにらみ続けることしかできなかった。私はどこかで、おとうさんをもっと困らせてみたかった。もっとみっともなくしてみせてほしかった。

そのままずっと口をきかないでいたら、おとうさんは眠《ねむ》ってしまった。私は少しだけ緊張《きんちょう》をゆるめて、つぎつぎとかわっていく窓《まど》の外の景色をながめた。窓枠《まどわく》には一つも封《ふう》の開いていないお菓子《かし》がずらりとならんでいる。通路をはさんだとなりの席では、似たようなワンピースを着て同じ髪型《かみがた》をした女の人が二人夢中でしゃべっていて、その人たちに甘《あま》いお菓子を全部あげてしまいたかった。トンネルに入ると顔を近づけてしゃべる二人の女の人が窓にくっきりと映った。双子《ふたご》のように見えた。二人に、私たちはどんなふうに見えているんだろう。友達には見えないだろうし、先生と生徒でもないだろう。やっぱりおとうさんと子供というのが妥当《だとう》かな。でもそうだとしたら、どうして私たちはおとうさんと子供に見えるんだろう。年《とし》がそんな感じだから？　どこかしら似たところがあるから？　私はとなりの女の人たちにききたかった。似ているとしたら、どこが似ていますか？

電車は大きく揺《ゆ》れて、立てかけてあったポッキーがぽろりと足元に落ちた。窓の外にずっと続いていた木々がふいにとぎれて、陽《ひ》の光の下で真っ白に広がる海があらわれた。窓の向こうの海は私が覚えているのより数倍大きくて、びっくりしてガラスにぺったり顔をつけて見入った。海だよ、ねえ、海が見えるよ、そんなふうに声をあげて、眠っているおとうさんを起こすことはできなかった。

民宿の朝食をおえて、おとうさんはぼさぼさ頭のまま電話をかけにいった。部屋にも電話はあるのに、わざわざ下の公衆電話までいった。

私は部屋を抜《ぬ》けだして、おとうさんの様子をこっそり見にいった。下のロビーはふつうの家の食堂兼《けん》応接間みたいになっていて、十人くらいすわれそうな大きなテーブルがあり、奥《おく》には古びたソファセットがある。がらんとしていて薄暗《うすぐら》い。入り口の、引き戸のわきに公衆電話が置いてある。おとうさんはこちらに背中を向けて受話器を握《にぎ》りしめている。私はテーブルの一番はしの席にすわり、おとうさんの会話に耳を傾《かたむ》けた。おとうさんは受話器を片手でおさえて低い声で話していて、何をしゃべっているのかはきこえない。深刻そうな雰囲気《ふんいき》だけれど顔が見えないからそれもわからない。

「だってきみそれじゃ全然フェアじゃないよ」

ふいにおとうさんが声をあげ、私が身をのりだしたとき、階段からほかの家族が大きな声で話しながらおりてきた。おとうさんは相変《あいか》わらず受話器に向かって声をあげていたが、家族の声でそれは消されてしまう。ロビーにあらわれた家族連れを私はにらんだ。おとうさんは頭のはげあがったおじさんで、おかあさんはくりくりパーマの背の高い人だった。大きな声ではしゃいでいるのは私と同い年くらいの女の子と、一年生にあがったばかりみたいな男の子だった。おとうさんはパラソルをかつぎ、おかあさんは大きなバスケットを持ち、水着姿の子供二人はそれぞれ浮《う》き輪《わ》を持っていた。ピンク色のビキニを着た女の子は私と目があい、にらんでくる。私も負けずににらみかえしていると、彼女はつんと目をそらしておかあさんの腕《うで》にぶらさがって「それでね、おとうさんたらね」と鼻にかかった大声をだした。ばか笑いの声をまき散らしながら四人は引き戸を開けてまぶしいおもてにでていった。

ばっかじゃない、何にらんでんの。いい年して、おかあさんにもたれかかっちゃってさ。自分が先ににらんでいたことを忘れて、心の中で毒《どく》づいた。

人の気配《けはい》がして顔をあげるとおとうさんが立っていた。私の目線の先を追い、真っ白に光る一本道を歩く四人連れを見、何を勘《かん》ちがいしたのか、どこか気の毒そうな視線で私を見おろす。本当に単純な人だよなあ、と思う。私があの家族連れをうらやましがってると思ってるんだから。

「いいねえ、みんなで海水浴《かいすいよく》だよ。きっとおとうさん必死で休みとって、何時間もかけて車に乗ってみんなを連れてきたんだよ。うらやましいねえ、みんな仲よくて。私なんかさ、ユウカイされてんだもん。大ちがいだよ、月とスッポン」

もっと意地《いじ》悪《わる》してやれと思ってそう言ったのに、どうしてだか、おとうさんはふきだした。

「そうだな、えらいちがいだな、あんたユウカイ犯《はん》と二人っきりだもんな」

そう言って天井《てんじょう》を向いて笑いだした。おとうさんを見あげていたらなんだか私もおかしくなってきて、おとうさんと同じポーズで笑った。

水着は昨日、おりた駅で買った。おまんじゅうや干物《ひもの》を売るおみやげ屋の一番奥《おく》に、数着の水着が場ちがいのようにならんでいて、その中から選ぶしかなかった。一番ださい、こんなときじゃなければ絶対に選ばない、あちこちフリルのついた水着をわざと選んだ。おとうさんも下着みたいな水着を買った。浮《う》き輪《わ》や、ボートや、子供用ボディボードや、そんなものものほしいような気がしたけれど、必死になって値段を比較しているおとうさんを見ていたらほしいと言えなくなってしまった。何もいらないよ、私が言うとおとうさんはほっとしたように笑った。かっこ悪かったなあ。

「交渉《こうしょう》はうまくいったの」

両側を緑の垣根《かきね》に囲まれた、細い一本道を海へ向かって歩きながら私はきいた。

「うまくいかないよ、あんたのおかあさん、ほんとがんこだよな」

見あげるとおとうさんの口のまわりには細かいひげがたくさんはえていた。本物《の》のユウカイ犯みたいに思えた。垣根の向こうにちらほら、背の高い木がすっくと伸びていて、そこいらじゅうからせみの声が降りそそぐ。まっすぐいけば海につきあたるはずの道は、先のほうがゆらゆら揺《ゆ》れて、自分がいったいだれで、ユウカイ犯といっしょにどこを歩いているのか、わからなくなりそうになる。

「ねえ、おかあさんにどんなお願いをしてるの。私とひきかえに、お金じゃなくて、何をわたしてほしいの」

おとうさんはそれには答えずに、

「そのうちハルにも電話にでてもらうことになるかもな。そのときはぜひとも、あわれっぽい声をだして、おうちに帰りたい、おかあさんに会いたいって言ってくれよな。くれぐれも楽しそうな声で、海で泳いじゃった、今どこそこの旅館、なんて言わないように」

そんなことを言った。

おとうさんは、私がトイレにいくと言っておかあさんに電話をかけたりしないって信じているのだろうか。そんなの簡単なことなのに。おとうさんの財布《さいふ》からテレホンカードをぬすみだして、おうちに電話をかけて、今どこそこにいます、早くきてくださいって言ったら、どこにいるのかすぐばれるのに。もちろん私はそんなことはしていない。バーゲンにいくおかあさんたちを見送ってから、おかあさんの声をきいていない。でもおかあさんと話したくなったらすぐ電話をかけるつもりだ。ひょっとしたらおとうさんは、私が想像するよりずっと頭が悪いのかも。犯罪なんてできるタイプじゃないんだ。

だんだん一本道はのぼり坂になり、そして急に視界がとぎれて海が見えた。横一文字に白い波が見え、砂浜《すなはま》には、色とりどりのパラソルがところせましとならんでいた。

「海だ、海だ」

目の前に広がる海を目指して私は走った。民宿で借りてきたビーチサンダルが大きすぎて、何度も脱《ぬ》げそうになったけれど、海を目の前にして走らないわけにはいかなかった。

何度海に入って、何度あがってきても、おとうさんはパラソルの下で、サングラスをかけて眠《ねむ》っていた。そばにはビールの缶《かん》が一本ずつ増えていた。海で泳ぐのに少しつかれ、おとうさんは眠っているし、砂浜にすわって私は目の前を通りすぎる人たちをながめていた。体じゅうにオイルをぬりたくって赤茶色にぎらぎら光った人たちが何人も往復し、波打《なみう》ち際《ぎわ》では小さな子供たちが砂遊びをしていた。

人の合間《あいま》に、さっき民宿でにらんだ女の子を見つけた。浮《う》き輪《わ》を持って海からあがってこっちへ歩いてくる。目があった。またにらまれると思って、私もにらみかえす準備をしたのだけれど、おどろいたことにその子は、にっこりと笑った。その笑顔は晴れた海辺にとてもよく似あっていて、笑いかえさずにはいられなかった。その子はまっすぐこちらに歩いてきて、すとん、ととなりに腰《こし》をおろした。

「あんた、名前、何」

ぶっきらぼうな言いかたで、でもだからこそ仲のいいクラスメイトみたいな感じで、その子はきいた。

「ハル」

「ふうん。私、ちず。へんな名前でしょ。弟はかず。何年」

「五年生」

「いっしょじゃん。部屋、どこ」

「ええと、三号室」

「となりの部屋だ。いつまでいるの」

「あと二日くらい」私はうそをついた。本当は、いつまでいるのかわからない。あと二日くらいここにいたいけれど、なにしろ私はユウカイされている身なのだから。

「私は明日の夕方に帰っちゃうんだ。やだな、車乗るの。混むしさ。かずが泣くし、ママは不機嫌《ふきげん》になるし。トイレって言っただけで怒《おこ》られちゃうんだもん」

私は笑った。ちずの、こんなしゃべりかた、すごくいいと思った。なんにも飾《かざ》らないで、ずっと前からの仲よしみたいに、なんでもなく話す感じ。

「さっきいっしょにいた人、おとうさん？」

「ううん。あのね、親戚《しんせき》のおじさん」つぎにどんな質問がくるかわからなかったので——もしおとうさんだと答えたら、おかあさんは？　ってことになる、家にいるって答えたら、どうして？　ってきっとときかれる、そうなったら私は本当のことを言ってしまいそうになる、じつのおとうさんにユウカイされ中なんて複雑なことても言えない——ふたたびうそをついた。「うちの両親はいそがしくて、夏のあいだどこにも連れていってもらえないの。だから私、親戚のおじさんにあずけられてるの」

「ふうん。いそがしいんだ。よくあるよね」

ちずはおとなびた口調《くちょう》で言った。なんでいそがしいの？　ときかれるかと思ったが、

「二人、仲よし？」

予想もしない質問をちずはした。またうそをつかなくてはならない。

「うん、仲よしだよ。いっしょにビデオ観《み》たり、カラオケいったり食事にいったりするよ、私を置いて。休みの日なんか、デートするもん、いい年して」

自分がすらすらうそを言えるのが不思議だった。一つうそを言うと、それが本当に見た光景のように浮《う》かんできて、いくらでも言えそうだった。私と、私を忘《わす》れるくらい仲のいい両親について。

「ふうん。うちはあんまり仲よくない。しょっちゅう言いあいしてる。海はいいけどさ、車の中とか、夜の時間とかがやなんだよね。この旅行だって、もういいよって思うくらいもめたんだよ、ああいうの、キョウイクジョウよくないよ」

足元のぬれた砂を指で掘《ほ》りかえしながらちずは言った。それから唐突《とうとつ》に、

「離婚届《りこんとど》けって見たことある」

ときいた。首をふると、私あるよ、そう言って顔を近づける。

「ゴミ箱にまるめて捨ててあったの、見たんだ。うち、やばいよね」

ちずのぬれた髪《かみ》から水滴《すいてき》がしたたって、私の肩《かた》に落ちた。ちずはきっとうそをついているわけではないんだろうと思って、申しわけないような気がした。私はもしかしたら、犯罪者の素質《そしつ》があるのかもしれない。少なくともおとうさんよりは。

高い波がくるたび、歓声《かんせい》が波の上をすべってこちらにとどく。スコップで砂遊びをしていた小さな子供がびっくりして顔をあげ、ぐんと持ちあがる波を見つめてい

る。ふりかえって見るとおとうさんはまだ眠《ねむ》っている。ビーチパラソルの影《かげ》がずれて、太陽はまっすぐおとうさんめがけて降りそそいでいる。白かった肌《はだ》はもう赤くなっている。

「きょうだいいないの」

ちずがきき、うそつきついでにもっとうそをつくことにした。こうだったらいいな、とつねづね考えていたことをそのまま言う。

「おねえちゃんが一人いるよ。来年中学だから、親と家に残って、きっと今ごろ勉強してる。私もその中学にいきたいんだ。私勉強できないから無理かもしれないけど、おねえちゃんに教えてもらえばなんとかなるかもしれない。おねえちゃんは優《やさ》しくておしゃれで、大好きだから、ずっと同じ学校に通いたいの」

「あんた、勉強できないんだ」ちずが言う。

「うん」これはまあ、本当のことだ。成績はあんまりよくない。

「私ね、勉強できるよ、ずっとトップだもん」ちずは真顔で言い、そんなことをさらりと言う人は見たことがないので、なんと言っていいのか迷《まよ》っているとちずは笑った。

「よかった。ハルよりいいとこあって。ハルんちは仲よし、うちはずたぼろ、ハルんちはおねえちゃんも優しい、私はかずなんて大きらい、これでハルのほうが頭よかったら、不公平だもん」

「水着だってちずのほうがイカしてるよ」私も笑うと、ちずは私の水着をまじまじと見て、そうだね、と声をあげて笑い転げた。

ちずはふと黙《だま》り、ぬれた砂をいじりすぎて泥《どろ》だらけになった両手を見つめ、急にまじめな声をだした。

「でもね、泣いてばかりの大きらいな弟だけど、もし、うちになんかあったら、私は平気だけどかずはまだ小さいから、かずのことは私がなんとかしなきゃって、いつも思ってるんだ。かずは私が守るって」

そんなことを言いだすのでおどろいてちずを見た。まっすぐ前を向いたちずの顔は、口調《くちよう》と同じくらいおとなびていて、何も言えなかった。私の頭の中に住んでいる、優しくておしゃれで美人のおねえさんは、もし何かあっても私のことなど助けてはくれない。この子にならい、本当のことをしゃべってもいいと私は思った。ちずだって、今朝《けさ》にらみつけたださい水着の私に、本当のことを言ってくれたのだ。うちの両親なんかいっしょに住んでないよ、私にはあなたのようにたよりになるおねえさんなんていないよ、しかも私はおとうさんにユウカイされてて、両親は何か秘《ひ》密《みつ》の取り引きをしてるんだよ、と。

　ちいちゃん、とかん高い声がして、今朝《けさ》見かけた背の高いおばさんが人波をかき分けて呼《よ》びにきた。おばさんは顔じゅうがとけだしたかと思うような笑顔で私にあいさつし、

「ちいちゃん、もうそろそろ四時になるから、帰るわよ」ちずに言った。

　ええ、もう?　ちずが不満げな声をだすと、おばさんはもっと不満げな声をだした。

「だっておとうさんが温泉《おんせん》にいくって言ってきかないんだもの。ここから三十分くらいのところにあるんですって、温泉百選《ひゃくせん》にのってるところが」

　おばさんは手を引いてちずを立たせる。ちずはその手を払《はら》って立ちあがり、私を見おろして早口で言った。

「あと二日いるんでしょ。明日住所交換しよ」

　私は大きくうなずいた。ちずは先に立って歩き、おばさんはもう一度とけた顔で

私に頭を下げ、ちずのあとを追った。

太陽はだいぶ傾《かたむ》いてきていた。さっきずっと遠くに打ち寄せていた波はすぐそこまできていて、ぬれた砂浜を歩く人の影《かげ》がすうっと長くのびて交差していた。立ちあがり、水着についた砂を払い、眠《ねむ》り続けるおとうさんのところまでいった。真《ま》っ赤《か》にやけたおとうさんの上に、私の影が長く横たわっていた。

その日の夜、部屋に運ばれてきた品数の多い夕食をおえてから、花火をしよう、とおとうさんが言った。おとうさんは民宿の浴衣《ゆかた》のまま、私は真新しい柄《がら》シャツを着ておもてにでた。おもては真っ暗で、闇《やみ》を吸《す》いこんでいっそう暗い木々のあいだから、せみが鳴きわめいていた。道の先が、トンネルの出口みたいに明るく光っていた。そこまでいけば、いくつかお店がならんでいるのだ。見あげると黄色い飴玉《あめだま》みたいに小さなまるい月がでていた。せみの鳴き声の合間《あいま》に、おとうさんと私の、サンダルばきの足音が響《ひび》いていた。

何も言わずにしばらく歩いて、ふいに、おとうさんが私の手をとった。最後におとうさんと手をつないだのは何百年も前に思えるほど昔《むかし》だったから、胸《むね》のあたりがむずむずするほど落ち着かなくて、いっそのことふりほどいてしまおうかといくども思った。手をつないで歩いているなんて不自然なことに思えた。おとうさんは私の手を軽く握《にぎ》って口笛《くちぶえ》を吹いて歩く。ならんだお店の明かりがだんだん大きくなる。私は子供で、となりを歩く男の人はおとうさんで、ここは夜道で真っ暗で、私たちが手をつないで歩くのなんて不自然でもなんでもない、すごくあたりまえのことだ、と、ばかみたいにくりかえし自分に言いきかせながら、それでもやっぱり胸のむずむずはおさまらなくて、握られたその手を大きくふってみた。私たちの真ん中でつないだ手はブランコみたいに揺《ゆ》れ続けた。月は小さくまるく真っ黄色で、私の手はほんのりあたたかい大きなてのひらの中にあって、道の先のにじんだ明かりが、いつまでも近づかなければいいのにと、そんなことを思った。

まだおとうさんが眠《ねむ》っているあいだに私は水着に着替《きが》え、海に持っていくものをバッグに押《お》しこんで準備していたのに、朝食後また電話をかけにいったおとうさんは戻《もど》ってくるなり、もうここをでると言いだした。

「なんでよ、海いこうよ、私もっと泳ぎたいよ」

そう言う私を無視して、ぼさぼさ頭のおとうさんは荷物をまとめはじめる。開け放った窓《まど》の向こうは、飛びはねたくなるような青空だった。おとうさんは浴衣《ゆかた》を脱《ぬ》ぎ、シャツを着、ズボンに足を通している。

「ねえ海いこうよ、どうしていくの、どこにいくの、もう一泊しようよ」

着替えるおとうさんのまわりをぐるぐると歩きながらそう言い続けた。おとうさんは寝起《ねお》きのかすれ声で、

「海はもういいじゃん。ほかのところへいくんだよ」

と言う。私は食いさがった。

「よくないよ、もっと泳ぎたいよ。私の好きなところにいくって言ったじゃん。私がここがいいって言ってるんだから、ここにいなよ、ねえ、おとうさんってば」

おとうさんは洗面所で顔を洗う。はじける水滴《すいてき》であたりはびしょぬれになる。私の膝《ひざ》も、足元もぬれた。私は両足を交互《こうご》に床《ゆか》に打ちつけて、まるでおもちゃを買ってくれとせがむ小さな子供のように主張した。

「私、どこにもいかないからね。いくならおとうさんが一人でどこでもいけばいい、私は一人でここに泊《と》まるから。おい、きいてんのかよ」

今日は海で泳いでまたここに泊まるのだと、私はばかなおうむみたいに言い続け

た。自分の思いどおりにするために、こんなにがんばったのなんてものすごくひさしぶりだ。ふだんだったらこんなばかみたいなまね、絶対にやらない。おかあさんはこういうことをすごくきらうから、こんなふうに駄々《だだ》をこねたら事態をどんどん悪くするだけだし、こうしている姿がすごくみっともないことを私は知っている。だけどやめられなかった。もう一日だけ、たった一日でいいから、昨日とそっくり同じ日がほしかった。

「このあいだ言っただろう、主導権《しゅどうけん》はおれが握《にぎ》ってるんだって」

びしょぬれの顔を私に向けて、おとうさんはまじめくさった顔で言った。シャツの袖口《そでぐち》でぬれた顔をぬぐい、おとうさんは歯ブラシやタオルをバッグにつめこみ、チャックをしめた。どうやら、何を言ってもここにはいてくれないらしい。私はそれ以上お願いするのをやめた。水着の上からTシャツとジーンズを着て、となりの部屋へかけていった。閉《と》ざされたドアをノックして、背の高いおかあさんか、ちずがでてくるのを待った。ちずに住所を言いたかった。そう約束したのだ。けれど、ちずたち一家はもう海へいってしまったらしく、ドアは石ころみたいに閉ざされたままだった。これじゃ本物のユウカイだよ。冗談《じょうだん》めかしてつぶやいてみたが、笑う気にはなれず、鼻の奥《おく》がつんとした。

おとうさんが民宿の人に勘定《かんじょう》を払《はら》うあいだ、薄暗《うすぐら》いロビーに突《つ》っ立《た》って、私はガラス戸の向こうを見ていた。昨日あんなに真っ暗だった道は、くまなく太陽に照らされて、真っ白く光っている。私を誘《さそ》うように鳴くせみの声が、閉ざされた扉《とびら》から入りこんでくる。まちがってわさび入りのお寿司《すし》を食べたときみたいに、鼻の奥はずっとつんとしていた。口を開いて顔をゆがめれば、きっと涙《なみだ》がでてくる。泣いてみたら少しは楽になるかもしれない。おとうさんはきっとおろおろするにちがいない。

絶対泣かない、私は口をぎゅっと結んだ。おろおろさせてなんかやらない。機嫌《きげん》なんかとらせてやらない。そっちがむりやり私をどこかへ連れていくなら、私だってしかえしくらいさせてもらう。目が痛くなるほどまぶしいおもての景色をにらみつけて、私はあれこれと作戦を練った。

「さあ、いくよ」

会計をすませたおとうさんが私の背を軽く押《お》し、そんなてのひら、ふり払《はら》ってやりたかったけれど私はにっこり笑っておとうさんを見あげた。

「バス早くくるといいね」

私の笑顔を見て安心したらしいおとうさんは、

「だいじょうぶ、時刻表見てあるんだから」と自慢《じまん》げに言い、「ジュース買ってくか」なんて笑いかえしてくる。

やってきたバスは日焼けした男の人や女の人で混んでいた。香水に似た甘《あま》すぎるにおいがバスの中に充満《じゆうまん》している。大学生くらいの、女の人ばかりのグループはお菓子《かし》を交換《こうかん》しあってひっきりなしにしゃべり、水着のままかと思うような洋服を着た女の人は、歯だけ白いまっくろくろすけみたいな男にずっと耳打ちしている。おとうさんはかばんから時刻表を取りだして、立ったまま口の中でぶつぶつ言ってページをめくっている。

バスは駅のロータリーにすべりこむ。ロータリーの周囲には、派手《はで》な看板《かんばん》を掲《かか》げたみやげもの屋がずらりとならんでいる。かにの看板。魚の看板。ばかみたい。

ロータリーはこれからバスに乗って海に向かう人や、電車に乗って帰る人でごったがえしていた。みんな地図を手にうろうろしたり、みやげもの屋をのぞいたり、日陰《ひかげ》で缶《かん》ジュースを飲んだりしている。

「ハル、電車な、あと五分できちゃうんだよ、切符《きっぷ》買ってくるからさ、ちょっとそこで待ってて」

肩《かた》から落ちるかばんをずりあげずりあげして走るおとうさんの背中を見送って、私はあたりを見まわした。勝手すぎるんだよ。心の中で思いきりそう言うと、ふたたび鼻の奥《おく》がつんとする。私は何も、豪華《ごうか》ホテルに泊まりたいと言ってるわけじゃない、ベンツに乗れなければどこへもいかないと言ってるわけじゃない、あの民宿に、もう一日だけいたいと言っただけなのだ。勝手すぎるんだよ。急にあらわれたり。連れまわしたり。

額《ひたい》に汗《あせ》をいっぱい浮《う》かべて、片手に持った切符を高く掲げておとうさんが戻《もど》ってきたとき、勝手すぎるんだよ、小さな声でもう一度つぶやいて、私は大きく息を吸った。

そしてあと三歩でおとうさんが目の前にくるそのとき、思いきり大きな声をだした。たぶん、今までの人生で一番大きな声だった。

「だれかあああああ！　たすけてえええ！　だれかああ！　この人をつかまえてくださあああああああい！」

ゆうこちゃんといつか見た、ホラービデオの主人公みたいに、両手を耳にあてて目を見開き、のどの奥《おく》から声を絞《しぼ》りだした。おとうさんは私から三歩離《はな》れた位置で足をとめ、きょとんとした顔で私を見ている。あっという間に人垣《ひとがき》ができる。ロータリーをうろついていた人々は、私とおとうさんをまるく切り抜《ぬ》くように取り囲んで、じっと見ている。

「もうおうちに帰りたいようううう！　だれか、たすけてええええ！」

私はまた叫《さけ》ぶ。おなかの底から声をだすと気持ちがよかった。いくらでも、あと五十回でも百回でも、同じことを叫べそうだった。

「何言ってんだよ、ハル」

三歩向こうで、おとうさんがたよりない声をだしている。相変《あいか》わらず、何がなんだかわからないという顔つきで。人垣がざわついているのが遠くきこえる。遅刻《ちこく》して学校にいったときみたい。おい、ハル、おとうさんがそう言いかけたとき私はもう一度声をはりあげた。

「こんな人知りません！　知らない人なんです！　だれか助けてください！」

私は調子《ちょうし》にのっていた。調子にのるというのがどんなことだか思いだしていた。

クラスの男子が、女子とけんかしているときどうしていきなり自分のパンツをずりおろして笑い転げたりするのか、廊下《ろうか》に立たされるってわかっていながらどうして森本くんがいすの上でへんてこなダンスをはじめたりするのか、一瞬《いっしゅん》にして理解した。調子《ちょうし》にのるってこんなにも気持ちのいいことなのだ。

人垣《ひとがき》のざわめきが次第に多くなり、蜂《はち》の巣《す》が真上にあるように思えた。私の目には人垣を割って入ってくる警官《けいかん》の姿が見えた。そこからはなぜか、スローモーションで——そう、テレビドラマでそうなるように——私の目に映《うつ》った。おとうさんが制服を着た警察官《けいさつかん》二人に取り押《お》さえられ、まわりを取り囲んでいた大人たちががいに夢中で耳打ちしあい、おとうさんの肩《かた》からまたかばんがずり落ちて、てのひらからは二枚の切符《きっぷ》がかわいた舗道《ほどう》にまい落ちていった。あれ、ぼくの子供ですよ、ぼくのむすめ、ハルっていうんだって、これ本当、正真正銘《しょうしんしょうめい》、ぼくのむすめなんだよ！　警官に両腕《りょううで》をつかまれたおとうさんの声だけ、耳のすぐ近くで、ふつうのスピードできこえた。

顔似てるでしょ、うそじゃないって、信じないなら血液判定してよ！　ＤＮＡ判定してよ！　でぃーえぬえいいいいいー！

調子にのって、心臓《しんぞう》が飛びでてしまいそうなほどばくばく動いて、のどがからからで、一歩も動けずことのなりゆきを見守っていた私は、おとうさんって本当にばかみたいだなあ、と、どこか冷静に思っていた。

実際、私は調子にのりすぎていた。おとうさんをこらしめるためにあんなことをしてみたけれど、それからどうなるかなんて、これっぽっちも考えていなかった。私たちは警察に連れていかれた。おとうさんとべつべつのパトカーに乗って、大きな警察署に連れていかれたのだ。パトカーに乗るのははじめてだった。私のとなりには婦警《ふけい》さんがすわった。私の手を握《にぎ》り、いろんなことをききだそうとしていた。おうちはどこなの？　あのおじさんにはどこで会ったの？　今何年生？　婦警さんは、音楽の先生に似ていた。やわらかいソプラノの声も似ていた。てのひらも同じようにやわらかかった。私は何も答えなかった。じつはおとうさんなんです、と言う勇気もなく、おねえさんオペラ歌手になっても成功すると思う、とそういう方向に話をはぐらかす度胸《どきょう》もなかった。

私は婦警さんに手をとられたままエレベーターに乗り、職員室《しょくいんしつ》によく似た場所へ連れていかれた。窓《まど》が大きくて、机がずらりとならんでいて、大人がぱらぱらと席についていて何かしていた。私はすみのほうの席にすわらされた。机にはなだれ落ちそうなほどたくさんの資料がのっている。婦警《ふけい》さんは冷たいオレンジジュースを買ってきてくれた。

眉毛《まゆげ》の濃《こ》い若い警官《けいかん》と、婦警さんが私の前にすわり、いろんなことをきいた。私はだんだんわけがわからなくなってきて、交互《こうご》にくりかえされる二人の声もただのわーんとした騒音《そうおん》にしかきこえなくなってきて、ならんだ二つの顔を交互に見ていることしかできなかった。二人の話をさえぎって、じつはほんとにほんとのおとうさんです、と言うこともできなかったし、おにいさんたちひょっとしてつきあってるの？　と、話をはぐらかすこともできそうになかった。私は窓の外を見た。まんべんなく絵の具でぬったように真っ青だった。民宿をでて、おとうさんは私をどこに連れていくつもりだったんだろう、ふと思った。

ごめんなさい、小さく言葉を押《お》しだすと、スイッチをぱちんと入れたみたいに涙《なみだ》が流れた。え？　眉毛の警官とソプラノの婦警が顔を近づけてくる。ごめんなさい。私はもう一度言った。ごめんなさい。ごめんなさい。くりかえすたび、おもしろいように涙がこぼれた。あんまり勢いよく水滴《すいてき》が目玉からあふれでてくるので、私はいったい、だれに何をあやまっているんだかわからなくなってきた。

私とおとうさんは、机一つしかない殺風景《さっぷうけい》な小部屋で、年配《ねんぱい》の警官にたっぷりと説教《せっきょう》をされた。警官は冗談《じょうだん》みたいに太っていて、態度の一つ一つ、たばこを持つ指とか、汗《あせ》をぬぐう手とか、すべてがえばっていた。おとうさんはずっとうつむいて、警官の声の調子があがってくると、すいません、すいませんと小さな声で言って、さらに頭を下げる。私もおとうさんをまねて、下を向き、小さく小さく体をまるめる。

警察《けいさつ》から解放されたのは夕方近くだった。私たちはだれにも見送られずに、どこかとりすました警察の扉《とびら》をくぐっておもてへでた。むんと煮詰《につ》まった空気が押《お》し寄《よ》せてきた。連なる屋根の向こうの空は、婦警さんがくれたオレンジジュースみたいに橙《だいだい》だった。

おとうさんにききたいことはたくさんあったけれど——私がオレンジジュースを飲んでいるときどこで何をされていたのか、とか、ゴウモンなんて受けなかったよね、とか——、質問を口にすることはできなかった。そればかりか、私はおとうさんを見ることすらできなかった。さすがに、申《もう》しわけないことをしたと思っていたし、それにきっとおとうさんはものすごく怒《おこ》っているだろうと思った。いい大人が、公衆の面前《めんぜん》で警察官《けいさつかん》に取り押《お》さえられ、ＤＮＡと叫《さけ》び散らして、さんざん取り調べを受け、おまけにあんなデブのおやじにずっと怒られたのだから。

おとうさんは何も言わず歩きはじめる。私は少しあとから、おとうさんの足元を見て歩いた。交互《こうご》に送りだされる足も怒っているみたいだった。私のことが大きらいになっただろうか。私をユウカイしたことを後悔《こうかい》しているだろうか。

もし今橙色《だいだいいろ》の空から神様がおりてきて、たった一つ願いをかなえてあげる、と言ったら、迷《まよ》わず時間を戻《もど》してくださいと言おう。おとうさんが切符《きっぷ》を買いに走っていった、あのときに戻してくださいと言おう、そう思ったとき、目の前のスニーカーの足がとまった。頭上からおとうさんの声が降ってきた。

「カツ丼《どん》、食べさせてもらえなかったな」

顔をあげるとおとうさんは私を見おろしていた。怒っているふうでもないし、つかれているふうでもなく、かといって笑っているわけでもなかった。

「カツ丼？」

私はきいた。

「テレビなんかでは、警察の取り調べ室ではカツ丼食べさせてくれるじゃん。おれずっと待ってたんだけど、でてこなかったな、と思って」

それだけ言っておとうさんはまた歩きはじめた。

「私はオレンジジュースをもらったけど」

小さく言うと、

「だってあんたは被害者《ひがいしゃ》だもん。おれにはジュースもなし、たばこもなし、カツ丼もなし」ふりかえらずにそう言って、腕時計《うでどけい》を見、「今からだともうおそいし、今日はどこに泊《と》まろうかな」ひとりごとを言っていた。

その夜、私はおかあさんに電話をかけた。

露天風呂《ろてんぶろ》のある旅館に泊まり、そんなもののどこがいいのかさっぱりわからないけれど、露天風呂やサウナにおとうさんは子供のように興奮《こうふん》し、時間かかると思うからハルは好きなことをしてたらいい、ゲームコーナーでゲームしててもいいし、部屋でずっとテレビを見ててもいい、五百円玉一つわたしてそう言い残し、浴衣《ゆかた》姿でうきうきとお風呂《ふろ》にいってしまった。

本当に間抜《まぬ》けなユウカイ犯《はん》だよな、感心すらしてしまい、五百円玉を自分の財布《さいふ》にしまって、おとうさんの財布から十円玉を五枚、ちょうだいした。

公衆電話はフロントのわきにあった。私は十円玉をすべりこませ、一つずつていねいに番号を押《お》した。おかあさんが恋しくなったわけではない、ましてここの場所をばらすつもりだったわけでもなかった。

一回の呼びだし音の途中《とちゅう》でおかあさんがでた。でるなり、ぴりぴりした声で、

「タカシ?」

ときた。タカシはおとうさんの名前。

「ハル」

そう言うと、

「ハル? どこにいるの、元気なの、何してるの、そこにおとうさんはいるの、だいじょうぶなの? ちょっときこえてるの?」

機関銃《きかんじゅう》を連発するみたいに質問攻撃《こうげき》だ。ずいぶんひさしぶりにきくおかあさんの声。取り乱したときの舌《した》たらずな早口《はやくち》。そのスピードがふつうの早口の三倍はある

から、取り乱し度百二十パーセントってところだろうか。

「元気だし、だいじょうぶだよ」

質問をはしょって答えた。

「そこにおとうさんはいるの？　今どこで何をしてるの？」

「それよりおかあさんは元気？　私はだいじょうぶだからさあ、心配しないでよ」

「そこにおとうさんはいるの？　今どこで何をしてるの？」

どうやらおかあさんには私の声がきこえないみたいだ。ここはね、海のすぐ裏に建ってる旅館。今まで泊《と》まった中では一番いいところかな。玄関《げんかん》は広くて、スリッパがずらりとならんでて、フロントは広くてシャンデリアがある。でも高級ホテルとはちがう、値段は安いんだって。こりゃあめっけもんだって、おとうさんが言っていたから、値段のわりには立派な旅館、っていうところかな。私たちの部屋は三階で、ベランダに続くガラス戸を開けるとすぐそこに海がある。波の音もきこえる。今は暗くて何も見えないけどね。この旅館には大浴場《だいよくじょう》とサウナと露天《ろてん》風呂があって、私はさっき入ってきた。すごーく広いお風呂。浴槽《よくそう》がいくつもあった。泡《あわ》がでてるのとか、いいにおいのするのとか。でも私はそんなに長くは入っていられない。おとうさんは夢中になっちゃってさ、今もずっと入ってる。三十分以上前にいったんだけど、まだでてこないよ。あの人子供みたいだよね。泡《あわ》のお風呂《ふろ》なんかがうれしいのかね。どう思う、おかあさん？　そんなことしゃべっても、何一つきいちゃもらえないんだろうな。そう思って、答えをうんと縮めた。

「おとうさんはここにはいない。今いる場所は知らない、どっかの旅館。べつに心配なことなんかないよ」

「心配なことなんかないって言ったって……。警察《けいさつ》にお世話《せわ》になるようなことをしているの？　いったい何をしてるの？　おとうさんはどうしてるの？」

なぜだかおかあさんは私たちが警察にいったことを知っているようだった。警察からおかあさんに電話でもしたんだろうか。ああ、これでおとうさんはまた口をきいてもらえないか、警官よりこっぴどく怒《おこ》られる。おかあさんが言葉を連射し続けるので私はそれをさえぎった。

「それよりねえ、一つききたいことがあるの」

「ねえ、あなたたちいったい何してるの？　へんなトラブルに巻きこまれてるんじゃないでしょうね、ちゃんと帰ってくるの？　私はもういや、だいたいあの人は」

「ききたいことがあるんだって！」おかあさんがちっとも私の声に耳を傾《かたむ》けないので、いくぶん大きな声をだした。玄関《げんかん》でスリッパをならべていた女の人が、びっくりしてこちらを見ている。「おとうさんの要求って、なんなの？　おかあさんたちはどんな取り引きをしているの？」

「そんなことはどうでもいいのよ、そんなことじゃなくて、ねえきいてハル、ちゃんとごはんは食べているの？　もめごとに巻きこまれたりしてないわよね？　おとうさんはちゃんとやっているの？　それからおとうさんにかわってほしいんだけど、そこにはまだいないの？」

おかあさんの声をさえぎるように、ぷーっと大きくブザーが鳴って、それから電話は切れた。

受話器をもとに戻《もど》し、緑色の電話をしばらく見ていたけれど、私は向きをかえてゲームコーナーにいった。電話したことを後悔《こうかい》していた。

ゲームコーナーに人はいなくて、がらんとしたフロアに、コンピュータのふざけた音楽だけがくりかえし流れていた。シューティングゲームの前に腰《こし》かけ、つぎつぎと絵柄《えがら》をかえる画面と向きあって、画面に薄《うす》っぺらく映《うつ》る自分の顔をながめた。

なんで電話なんかしたんだろう。おかあさんの声がききたかったわけでもないし、言いつけたいことがあるわけでもないのに。

浴衣《ゆかた》姿のカップルが入ってきて、ピンボールをはじめる。ゲーム機の画面に彼らの姿が映《うつ》っている。二人はろくすっぽゲームもしないで、おたがいの背中に腕《うで》をまわしていちゃいちゃしている。男の人の髪は金色で、女の人の髪はピンク色だった。ぴったりくっついている二羽のインコみたいだった。

私が電話をかけた理由を私はちゃんと知っている。私もまざりたかったのだ。おとうさんとおかあさんの取り引きに。おとうさんとおかあさんのよくわからない事情に。まぜてもらえないことなんかわかっている、おかあさんが気《き》の毒《どく》になるくらい取り乱して、舌《した》をかみそうな話しかたでごはんのこととか毎日のこととかをきくことはわかりきっている。まぜてもらえなくてもいいから、それでもせめて私はおかあさんにこうきいてほしかったのだ。ハル、今楽しい？　って。どこにいるの、ちゃんとしてるの、だいじょうぶなの、全部の質問のあとに、ねえ、ちゃんと楽しい？　そうきいてもらいたかったのだ。

両手を思いきり開いて、ゲーム画面に勢いよくたたきつけた。ばん、とおおげさなくらい大きな音がでた。それでも画面はこわれなかったし、ピンボールの前の二人はいちゃいちゃしていたし、私の両手がじんと痛《いた》んだだけだった。

　ああ、気持ちよかった、ああ、極楽《ごくらく》だ、たまんないねえ、そう言いながら、茹《ゆ》で蛸《だこ》みたいに赤くなっておとうさんは戻《もど》ってきて、ビールを飲みはじめた。ハルも飲むか、上機嫌《じょうきげん》でおとうさんが言い、私はうなずいてコップに半分ほど金色の液体をそそいでもらった。おとうさんは自分のコップを気持ちよさそうに傾《かたむ》け、満足気に息をもらしている。コップに半分そそがれた液体は、電球にかざすときらきらしあわせそうに光り、小さな泡《あわ》が誘《さそ》うようにはじけているので、夢みたいな味なのだろうと思ったが、冗談《じょうだん》じゃないくらい苦くてくさい液体だった。思わず吐《は》きだす私を見ておとうさんが笑った。

「ハル、泳ぎにいこうか」

　ビール瓶《びん》を三本空《から》にしてからふいにおとうさんが言った。

「夜だよ」

「夜だからいいんだよ。ハルは知らないだろうけど、夜泳ぐのって、気を失いそうになるくらい気持ちがいいんだぞ。しかも真っ暗だからちょっとこわくてスリル満点。なあ、いこうよ」

　なかなかうまい誘《さそ》いかただった。なぜなら私はうきうきしていた。あさこちゃんのものまね大会がはじまるより、ビデオ上映会がはじまるより、みんなでファッションショーをやるときより。いこういこうと、おとうさんは立ちあがり、前がはだけてドレスみたいになった浴衣《ゆかた》姿で部屋をでていこうとする。

「待ってよ、水着に着替《きが》えるから。おとうさんもちゃんと水着着なよ」

「裸《はだか》で泳ぐのが気持ちいいんだって。水着なんて着たら台無《だいな》し。夜だからだれも見てないし」

　そう言って部屋をでていってしまう。あわててあとを追って部屋をでた。

　夜の海辺にはだれもいなかった。花火をしている人もいなかったし、手をつないで歩くカップルもいなかった。目の前に広がる海は真っ暗で、波の音はたえまなく鳴らされる太鼓《たいこ》に似ていた。波打《なみう》ち際《ぎわ》だけが、ちらちらと揺《ゆ》れるリボンみたいに白かった。

　おとうさんが本当に浴衣を脱《ぬ》ぎ捨《す》てようとするので必死にとめた。

「なんでだよう」

「だって、おとうさんは大人なのに、まっ裸《ぱだか》で泳いでたら変質者みたいだよ。だれかに見つかったらまた騒《さわ》ぎになるよ。裸じゃないほうがいいよ」

「そうか」

おとうさんはしばらく考えこんでいたが、まあいいや、そう言って浴衣のまま波の中に入っていった。私は短パンだけ脱いで、Tシャツのまま水に入った。海水は思ったより冷たくて、おとうさんも私も悲鳴をあげながらずんずん進んだ。

「どこが気持ちいいんだよ、心臓麻痺《しんぞうまひ》で死んじゃうよ、このうそつきおやじ、これじゃ児童虐待《じどうぎゃくたい》だよ」

大声で叫《さけ》ぶと冷たさがいくらかやわらぐ。だから私は叫び続けた。意味のあることもないことも。

「もうやだ、冷たい、寒い、もう帰る、ひゃあ、冷たいよう」

そう言い続けると、おとうさんは私の腕《うで》をしっかりつかんで、

「もう少し、もう少し沖《おき》のほうにいけばあたたかくなるって、ものすごく気持ちがいいんだって」

そう叫びながら、波にいくどか足を取られて転び、それでもめげずに沖を目指す。

底に足がとどかないことに気がついて、私は途端《とたん》にこわくなり、

「おとうさん、足が、足がつかない、おぼれちゃうよ、殺す気か、くそおやじ」

　声をかぎりに叫《さけ》んだけれど、両腕《りょううで》をおとうさんにつかまれて、おぼれる気配はなかった。それどころか、水の中の温度が緩《ゆる》やかにかわり、私の全身をつつむ海水はなまあたたかく、ゼリーみたいにやわらかかった。おとうさんが背中を支えてくれ、全身の力を抜《ぬ》くとふわりと体が波に浮《う》かんだ。おとうさんの手がゆっくり離《はな》れていっても、私の体はおもしろいように浮かんだままだった。おとうさんもとなりで同じ姿勢をとる。私たちはラッコのように水に浮かんだまま手をつないだ。あたりは真っ暗で、頭上には小さな星がいくつか光っていた。どこかこの世《よ》ではない場所、海ではなくて空に近い場所で横たわっているみたいに感じられた。波が全身をくすぐるように揺《ゆ》れ、本当に、気を失いそうなくらい気持ちがよかった。このまま眠《ねむ》れるんじゃないかと思った。

　波の向こうに私たちの旅館がそびえ立っている。ならびの悪い歯みたいに、ところどころ橙色《だいだいいろ》の明かりが灯《とも》っている。巨大なクリスマスケーキを思わせた。

「おとうさん、今日、ごめんね」

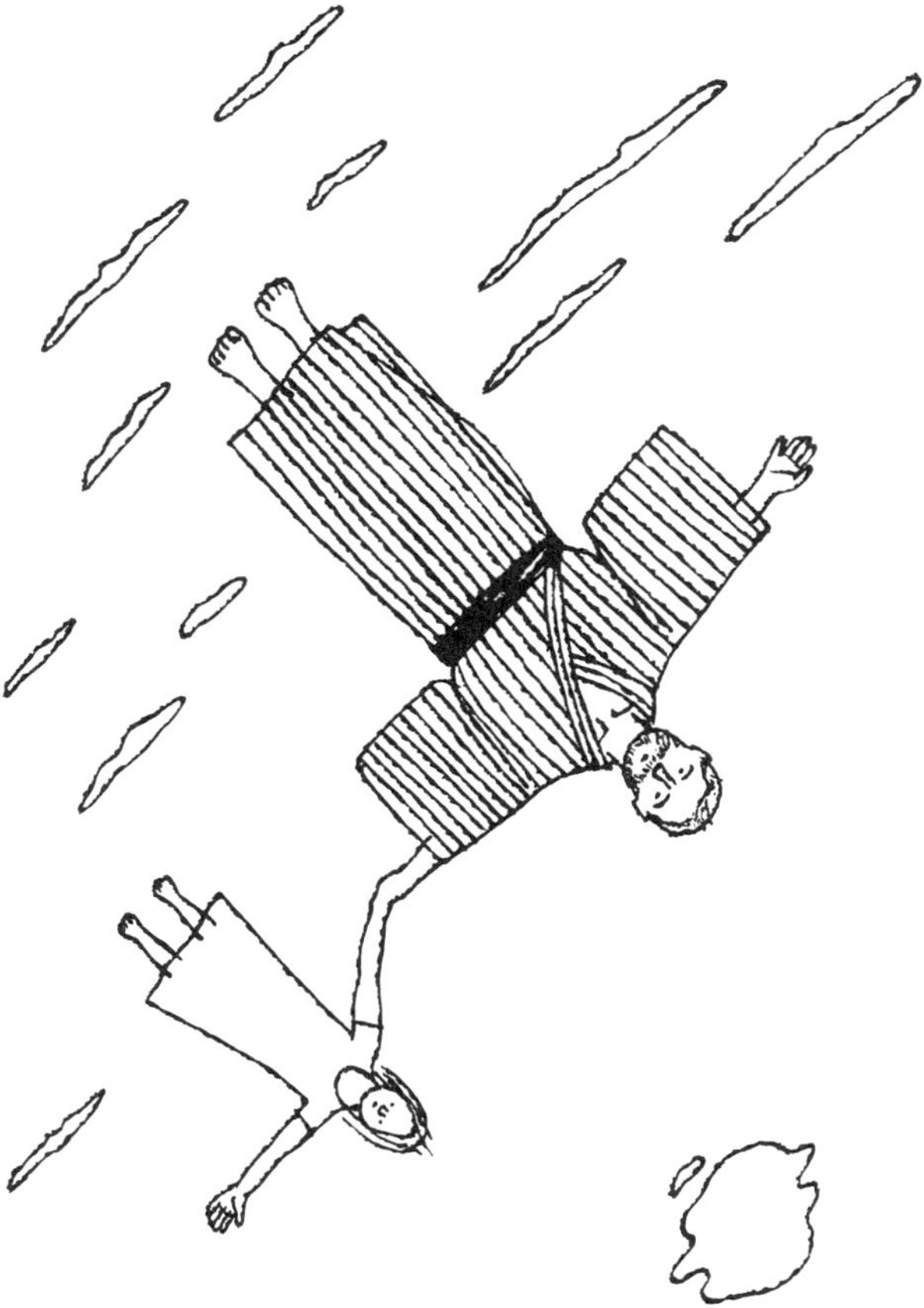

暗闇《くらやみ》につぶやいた。

「お昼にカツ丼《どん》とってもらえて昼食代が浮《う》くかと思ってたのに。計算ちがいだったな」

つないだ手の向こうからおとうさんの声がきこえた。

「せこい」

私は笑った。笑うと体があっという間に沈《しず》んでしまう。おとうさんの、水に浮かぶ白い浴衣《ゆかた》に必死につかまった。

「あっ、水飲んじゃったじゃんか、くそ、いい気持ちだったのに」

バランスを崩《くず》しておとうさんも水に沈み、海面に顔をつきだして笑った。私たちの笑い声が穏《おだ》やかな海面を揺《ゆ》らしていた。

おとうさんの白い浴衣がかろうじて見えるほどの暗闇の中で、足を動かして泳ぎ、泳ぎつかれたら一本の棒《ぼう》みたいに海水に浮かび、私は自分が、おかあさんともおとうさんとも、だれともつながっていない子供のように思えた。さっき電話で話した人はまったく知らない人で、となりにいる人もよく知らないだれか。おとうさんとかおかあさんとか呼べる人がまわりにいたことなんてただの一度もないような、そんな気持ちになった。そう思うことは、決してさびしいことではなく悲しいことでもなく、うっとりするほど気持ちのよいことに思えた。遠く橙《だいだい》の明かりを見ながら、真っ暗な波の上に体を横たえていることにとてもよく似ていた。

あさこちゃんとゆうこちゃんはおかあさんの妹。おばあちゃんはおかあさんのおかあさん。私のうちによくいるこの人たちの中で、ゆうこちゃんが一番好きだ。もちろんおかあさんは大好きだし、あさこちゃんもおばあちゃんも好きだけれど。

　ゆうこちゃんはみんなの中で一番にぎやかで、はめを外してあさこちゃんに怒《おこ》られたりもするけれど、実際はそんなにそうぞうしい人ではない、と私は思う。私と二人きりのときはめったに騒《さわ》がない。ばか笑いもしないし、奇声《きせい》もあげない。なんて言うのか、私と二人きりになると、ちょっと腰《こし》を据《す》えて話しましょうよ、という雰囲気《ふんいき》になるのだ。私たちは何度か腰を据えて話したことがある。私はゆうこちゃんの秘密《ひみつ》も知っている。だから好きなのかもしれない。おかあさんもよく「思っていることを言ってごらんなさい」的雰囲気を作るけれど、それはゆうこちゃんとはちがって、説教っぽいのだ。

ものごころついたときから私はおかあさんの二人の妹、それにおばあちゃんと親しかった。おとうさんの方のおばあちゃんやおじいちゃんより、ずっと。一つには、おかあさんの実家がうちからそれほど遠くないところにある。それから、おばあちゃんが住むその家に、おかあさんは私を連れてちょくちょく遊びにいっていたし、その家にはウマのあわない女のいとこや精神年齢《せいしんねんれい》の低い下卑《げび》た男のいとこもいなかった。

おとうさんの生まれ育った家は、すごく寒いところにある。数えるくらいしかいったことはない。けれどその数えるくらいの訪問で、もう充分《じゅうぶん》だった。まず、おじいちゃんたちの言っていることがあんまりよくわからない。早口《はやくち》なうえ、ものすごくなまっている。それだけだったらまだいい、その言葉の響《ひび》きはどこかうっとりするようなあたたかい感じがして、私がきょとんと突《つ》っ立《た》っていても二人はいろいろ親切に扱《あつか》ってくれた。けれどおとうさんは自分のおとうさんとじつによくけんかをする。大声をだし、ときにはものすら投げる。

それに加えて、この家に出入りする人の数はものすごく多い。おじいちゃんの弟とその奥《おく》さん、その子供にあたる数組の夫婦《ふうふ》、その子供たち、おじいちゃんの妹とそのだんなさん、その子供にあたる夫婦、その子供たち、おばあちゃんの……、もう全然わからない。おとうさんのおにいさんにもここではじめて会った。いやなおやじだった。顔は脂《あぶら》でてかてかしていたし、頭は冗談《じょうだん》みたいにポマードでなでつけられていて、口を開けば自分の子供の自慢話《じまんばなし》ばかり、それだけだったらまだがまんするけれど自慢話の最後をしめくくるときに、かならず私たちを、つまりおとうさんとおかあさんと私を一段低くするようなことを言うのだ。またこのおやじの子供が、女の子二人なのだが、二人とも最大級の意地悪《いじわる》女。二人でぴったりくっついて、私をちらちら見てないしょ話をくりかえして、けらけら笑う。同い年くらいのいとこたち全員を味方にして、私を無視する。おまけに、私のハンカチと小さなくまのぬいぐるみをぬすみやがった。帰る日、だだっ広いおじいちゃんちを必死に捜《さが》しまわる私を、みんなで遠くから笑っていた。

おまけに、今ではだれの子供か思いだすこともできないけれど、最低に精神年齢《せいしんねんれい》の低いガキがいて、私より一つ年上なのにスカートはめくるし髪《かみ》の毛は引っぱるし、体あたりしてくるしよだれは垂《た》らすで、それも最悪の思いでの一つだ。とにかくおとうさんの実家は地獄《じごく》だ。子供でいることが心底いやになる。あんなサバイバルな状況にいなくてはならないんだから。遠い場所にあること、おとうさんがいそがしいと言ってなかなかいこうとしなかったことが救いだ。

とにかく、おかあさんの実家はそんな大惨事《だいさんじ》になることはまったくないので、私はそこへいくのが楽しみだった。大人たちは大人たちで居間に集まって夢中でしゃべっていて、よく私はほうっておかれたけれど、そんなことは苦《く》にならなかった。仲間外れにされたりスカートをめくられるくらいなら、一人で静かな家の中を歩いていたほうがずっといい。

私はこの家でゆうこちゃんと仲よくなった。おしゃべりにあきたゆうこちゃんはいつも居間をでてきて、私を連れて散歩にいったり、買い物にいったりした。

ゆうこちゃんは私のうちと、おばあちゃんのうちのちょうど真ん中あたりに、一人で住んでいる。本当は一人じゃない。でも一人ということになっている。

私がゆうこちゃんの部屋にいったのは、一度だけだ。どうしていったのか、もう忘れてしまった。ゆうこちゃんに会いたくなって一人で捜しあてたのかもしれないし、ゆうこちゃんが呼《よ》んでくれたのかもしれない。

アパートの二階にあるその部屋は、ものすごく小さなところだった。小さなキッチンと奥《おく》に畳《たたみ》の部屋があり、キッチンのテーブルで、男の人がピザを食べていた。私を見るとその男の人は、あわててピザを口の中に押《お》しこんで、こここんちは、と言った。男の人は私の見たことのないタイプの人だった。おとうさんみたいにへらへらはしていない、学校の先生みたいに生真面目《きまじめ》そうだったりばかみたいにさわやかな感じでもなかった。やせた山羊《やぎ》みたいだった。男の人がたばこだかビールだかを買いにいったときに、ゆうこちゃんは、このことないしょにしてね、と言って笑った。このことって？　何もわからないふりをしてきいた。うちにきたら知らない男がピザ食べてたってこと。ゆうこちゃんは答えた。あの人だれ？　やせた山羊みたいな男の人が帰ってくる前に私は質問した。こいびと。冷《さ》めて、チーズが皿にこびりついたピザを指先でつまみ、ゆうこちゃんは小さな声で言った。いっしょに住んでるんだ、ここで。ゆうこちゃんは言い、それもないしょと、唇《くちびる》の前で人さし指を立ててみせた。それが私たちの最初の秘密《ひみつ》だ。

あれ以来、ゆうこちゃんの家にいっていないから、やせた山羊みたいなあの男の人に会っていない。私はときどき思いだす。ゆうこちゃんと二人で話をしているときや、おとうさんの実家を思いだした直後なんかに。おもちゃみたいに小さなキッチンと、窓からさしこむ銀色の光と、こここんちは、という声と、ないしょねと笑ったゆうこちゃんの顔を、全部いっぺんに。

昼すぎの電車に乗って、二回乗りかえて、改札《かいさつ》をくぐったのは五時近かった。ものすごくおなかがすいていた。というのも、旅館の朝食のとき、おとうさんが、

「今日の昼食代を浮《う》かすためにいだめをしよう」

と言いだし、二人でおひつに入っていたごはんを残らず食べ、そのときはおなかがぱんぱんで動けないほど苦しかったけれど、不思議なことに十二時が近づくときちんとおなかはすいた。電車の座席《ざせき》にすわっているとき、お弁当《べんとう》売りがいくどか通路を行き来していたけれど、おとうさんは買おうとは言わなかったし、私も我慢《がまん》した。お弁当売りの押《お》すカートの中身を見ないよう、おとうさんも私も窓の外に目をこらしていた。一時をすぎるころにはおとうさんのおなかは勢いよく鳴り、それに答えるように私のおなかも鳴った。

食いだめって、できないもんだな、おとうさんがひとりごとのように言っていた。食いだめができたら、人間にはもっと可能性が増えると思うけどな。

おとうさんに続いており立った駅は、夕日を浴《あ》びて橙色《だいだいいろ》に染まっていた。ホームを取り囲む緑の山々も橙、駅名の書いてある看板《かんばん》も橙、改札口も橙、すべてが橙色の飴玉《あめだま》の中に封《ふう》じこめられたみたいだった。右の耳からも左の耳からも、せみの声がねじこまれてくる。ふり向いて、歩くぞ、と言ったおとうさんの顔も橙だった。

歩くぞ、というのは冗談《じょうだん》ではなかった。改札をでてロータリーを抜《ぬ》け、ぽつぽつと店のならぶ静かな商店街を抜け、ときおり車が走るだけの道路沿《ぞ》いをひたすら歩き、そのうち道路沿いには家もなくなって緑の葉がじゅうたんみたいにしかれた畑ばかりになり、畑の中の一本道を延々《えんえん》と歩き、とっくに太陽は山の向こうに隠《かく》れてしまって、空が薄《うす》い青一色になっても、私たちは歩いた。

「おなかすいた」

私のだした声はかすれていた。着ているものはみんな汗《あせ》でぐしょぐしょ、のどはつばもでないほどかわいていて、おなかが減りすぎて足に力が入らない。

「おれもだ」

前を歩くおとうさんの答える声もかすれていた。

「どこまで歩くの」

おとうさんは立ちどまり、左手にこんもりと盛《も》りあがった山を指し、

「あの上まで」

力なくそう言った。そしてかばんを持ちなおし、細い道を左に折れ、山に向かって歩いていく。

「おとうさん、私たち、のたれ死ぬよ」

私はその場で立ちどまって言った。本気だった。こんなにくたびれていて、おなかもすいていて、あたりは急激に暗くなるし、山のてっぺんまで歩いていけるわけがなかった。

「タクシーに乗ろうよ」

数歩先まで歩いていたおとうさんは、ゆっくりと私をふりかえり、

「どこにタクシーが走ってる」

げっそりした顔で答える。

「呼《よ》べば」

「どうやって」

公衆電話がないか見まわしてみたが、公衆電話も、人の住む家も、車の一台も見あたらなかった。あるのはただ、緑の葉っぱをいやになるほど生《は》やした畑ばかりだった。

「とりあえず、ごはん食べようよ」私は力なく言った。

「どこで」おとうさんも力なくききかえす。

もちろん、ファミリーレストランもなかったし、マクドナルドもケンタッキー・フライドチキンもなかった。あるのは畑と、目の前にそびえる山だけだった。

「いこう」おとうさんは私の目を見て言った。「それとも、駅まで同じ道を戻《もど》って、なんか食べるか」

私は突《つ》っ立《た》ったままで、今まで歩いてきた道のりを頭の中に思い浮《う》かべた。寒気《さむけ》がした。

「いこう」つぶやいて、重たい足を前に押《お》しだした。

運よく、山に分け入る細い道の登り口に、半分こわれかけたような古い自動販売《じどうはんばい》機《き》がぽつんと立っていた。ジュースの販売機だということはわかるが、見本のジュースのラベルはすっかり色あせて、どんな種類のジュースを売っているのかさっぱりわからなかった。おとうさんが小銭《こぜに》をだして、二本ジュースを買った。でてくるか心配だったけれど、ごとごとごととあたりに音を響《ひび》きわたらせて、冷えきったジュースがちゃんとでてきた。おとうさんはアイスコーヒーを、私はオレンジジュースを、登り口に腰《こし》かけて一気に飲み干した。味なんかわからなかった。冷たい液体がのどをすべり落ちていくのがただ気持ちよかった。

空をおおっていた薄《うす》い青は次第に濃《こ》さを増し、さっきまで緑色だった山はかすんだシルエットになる。私たちはならんで、人一人がようやく歩けるほどの細い山道を、もくもくとのぼった。足元は暗く、見あげても紺色《こんいろ》の空が木々の合間《あいま》からちらりとのぞくだけで、その場にしゃがみこんで泣きだしたいほど心細かった。そうしてもだれかがどうにかしてくれることはないとわかっていたので、前を歩くおとうさんのTシャツの白をじっと見据《みす》えて、急なのぼり坂を必死で歩いた。

「こういうことだってあるんだ」

ふいにおとうさんが、前を向いたまま言った。

「よく覚えておいたらいい。こういうことだってあるんだよ。タクシーもこない、

冷房のきいたレストランでただすわって料理を待つってこともできない、戻《もど》ること
だって簡単にはできない、前に進むしかないってこともあるんだよ」
　おとうさんは息切れしながら言う。
「だいたいあんたたちは、どこでもタクシーがきてくれると思ってるし、どこでも
レストランがあると思ってるし、どうしようもなかったらだれかがすっとんできて
なんとかしてくれるって信じてるんだ。おなかってのはいつもいっぱいであたりま
えで、のどかわいたら自動販売機《じどうはんばいき》を捜《さが》せばいいと思ってる」
　おとうさんのふみしめる、枝の折れる音と、風が頭の上の木々の葉を揺《ゆ》らす音の
合間《あいま》に、おとうさんのきれぎれの声がきこえてきた。
「だから何かをやったって、心の底からうれしく思うことができないんだよ、見て
ろ、てっぺんについたら、ものすごくすがすがしいぞ、こんなに腹ぺこでくたくた
で、それでも何かをやったって思ったら、自分がものすごく立派な人のように思え
るもんなんだ」
「おやじ」私は自分のだせる中で一番低い声をだして、おとうさんの話をさえぎっ
た。

「いいかげんにしとけよ」

おとうさんはふりかえらなかった。私は立ちどまって、何か言うのもおっくうだったけれど、ここで黙《だま》っているわけにはいかなかった。全身の力をふりしぼって私は声をだした。

「言っておくけど、あんたたちって、私と、だれのことなんだよ、それに、おなかがすいたら食べられるところを捜すし、のどかわいたらジュースを捜すよ、そんなのあたりまえじゃんか、自分は餓《う》え死《じ》にするのかよ、そんなこと言うのなら、一生食うな、飲むな、車にも乗るな、レストランにも入るなよ。うれしいって、心の底からうれしいって思うなんて、何かやったって思うなんて、簡単なんだよ、わざわざ腹減らして、ふらふらになってこんなけもの道歩かなくたっていいんだよ。朝めし食いだめしようなんて、自分のケチを棚《たな》にあげて、おやじくさいこと言うな」

言いながら、思うように言葉がでてきてくれなくていらいらした。餓え死にしてみろって言いたいんじゃない。食いだめが失敗《しっぱい》だったたって言いたいんじゃない。私は、たとえば、あんたと花火をすることだけで心の底からうれしいって思うんだって、駅前で、今までだしたことのないくらいの大声でわめいてあんたを逮捕《たいほ》させちゃったことだけで何かをやったたって思えるんだって、そういうことを言いたかった。たとえあんたの知ってる百人の子供が心の底からうれしいって思ったことがなかったとしても、私の前で、百人とはちがう私の前でそんなことを言うべきじゃない。

おとうさんはふりかえらず、何も言わず、ペースをかえず淡々《たんたん》と先を歩いた。白いTシャツは、あふれかえる木々の葉の向こうに消えかける。置いていくなら置いてったっていいと、私はその場に突《つ》っ立《た》っていた。白い背中が、闇《やみ》に飲みこまれるようにふっと、消えた。私はしゃがんで、棒《ぼう》切《き》れみたいになった足をたたいたりもんだりして、息を整えた。顔をあげる。見えるのは、垂《た》れさがったり、横に伸《の》びたりする枝にみっしりとついた、木々の葉っぱだけだった。それらはみんな、薄《うす》い闇の中で黒々と重たく見えた。おとうさんのふむ葉っぱの音も、枝の折れる音も、もうきこえてこない。

しゃがみこんだまま、埃《ほこり》だらけのスニーカーを指先でいじった。これからどうしよう、そう考えた。不思議なことに私は心細くもなく、不安でもなかった。野宿《のじゅく》か。やったことはないけれど、ここで横になって眠《ねむ》ればいいんだから簡単かもしれない。虫が刺《さ》すだろうか。くまみたいな動物がきて吠《ほ》えたりかんだりするだろうか。それならそれでもいいや。

毒を持った虫や蛇《へび》が刺したり、くまや狼《おおかみ》がかじったり、そんな不運にであってもしここで死んでしまったら、おとうさんはものすごく反省するだろう、ばかみたいなことを言って、私を怒《おこ》らせたままここに置いていったことを。私をユウカイしたことを。そうして、おとうさんは一生、おかあさんより好きな人ができても、私よりかわいい子供がたくさんできても、私のことを忘れないだろう。

スニーカーをいじりながらそんなことを考えていたとき、ゆっくりと足音が近づいてきた。顔をあげると暗い闇の向こうから、ぼんやり白いTシャツが見えた。ろうそくの明かりみたいだった。

「悪かった。ごめん」

私の目の前に立って、おとうさんは言った。さしだされたてのひらを握《にぎ》って、私は立ちあがり、短パンのおしりについた泥《どろ》を払《はら》った。

まさかこんな人気《ひとけ》のない山のてっぺんに、豪華《ごうか》ホテルがあるとか、温泉つきプールつきゲームセンターつき別荘があるとか、そんなことは期待していなかったけれど、山の頂上までいって正直私はがっかりした。そこには小さな寺があった。私たちののぼってきた方角とは反対の山の斜面《しゃめん》には、墓地《ぼち》がひっそりとあった。それだけだった。すがすがしいも何もあったものではない。

「お寺だよ」肩《かた》で息をしながら私は思わず声をだした。

「まあ、遊園地には見えないだろうな」

おとうさんは言って、寺の門をくぐった。境内《けいだい》はひっそりとしていた。正面に戸を閉ざした寺があり、そのわきに、小さな家があった。家の玄関《げんかん》にはまるい、橙《だいだい》色《いろ》の明かりが灯《とも》っていて、それであたりはぼんやりと明るかった。

「だれかのお墓参《はかまい》り？」

かぎりなく沈《しず》んでいく気分を食いとめようと、私は冗談《じょうだん》のつもりで言ってみた。けれど口にだしてみるとそれは全然おもしろくなく、逆にもっと気分をめいらせた。

「いや、今日は、ここに泊《と》めてもらう」

おとうさんは橙の明かりに向かって歩いていく。

「知りあいの人がいるの？」

「いない。宿坊《しゅくぼう》って知ってるか。旅人を泊めてくれる寺があるんだよ。ここはそういう寺。寺だと宿泊料がものすごい安いんだ、おまけに超豪華《ごうか》アトラクションつき」

なんだか、それをきいてひどく悲しくなった。ものすごい安いところに泊まるためだけに、あんな思いをしてここまであがってきたのか。けんかまでして。ひょっとしたら、いやまちがいなく私のおとうさんはおそろしく貧乏《びんぼう》なのだ、あるいはおそろしくケチか。どちらにしても私は悲しい。おかあさんとの取り引きとは、やっぱり身《み》の代金《しろきん》なのかもしれない。

引き戸のわきについているインターホンを押《お》すと、腰《こし》の曲がったおばあさんがでてきた。

「あの、ここで泊めてもらえるって、本で読んできました。一泊《いっぱく》でいいんですけど」

おとうさんが言うとおばあさんはひどく申《もう》しわけなさそうな顔をし、

「ああうち、そういうの、やめちゃったのよねえ、そうねえ、もう二年くらい前から宿坊のほうはやめたの。本？　それ、きっと古い本ね、だって二年前に、もうやめますからのせるのもやめてくださいって私、出版社のかたに電話したんだけど……」

おばあさんはそこまで言って、ぽかんと口を開けて私たちを見た。きっと、私とおとうさんは二人とも、ものすごくわかりやすい表情をしていたんだと思う。おばあさんはぷっとふきだし、

「いいわ、せっかくきてくださったんだものねえ、お泊《と》めできないって言ってもここから町までじゃ、たどりつくのは夜中になっちゃうものねえ。今回にかぎって、特別にお泊めします。秘密《ひみつ》にしてね。その本には一泊《いっぱく》いくらって書いてあったの？　五百円。じゃあいいですよ、そのお値段で」

やわらかい話しかたでそう言った。

「ありがとうございます、本当に助かります、それであの、ぼくたち朝ごはん食べたきり、何も食べていないんですけれど……」

かすれた声で、しどろもどろにおとうさんはそう言った。おばあさんは私たちをまじまじと——文字どおり頭のてっぺんから足元まで——見て、高い音でピアノを鳴らすような声で笑った。

玄関《げんかん》をあがると黒光りする廊下《ろうか》があって、右側にせまい和室があり、左側に台所と食堂があり、私たちは食堂に通された。ごちゃごちゃといろんなものが置いてあ

る。古い本の山、小さな段ボール箱、木の箱、お酒の瓶《びん》、そんなものがあふれかえっている真ん中に、そこだけ何も置いていないちゃぶ台があって、私とおとうさんはその前にすわった。

「申しわけないんだけどねえ、私たち、夕食をもうとってしまったのよ。二人しかいないから少ししか用意しないでしょう？　あまりものって私きらいだから、できるだけあまらないように作るものだから、おだしできるようなものは本当になくて、悪いわねえ」

おばあさんはそう言いながら台所で私たちに背を向けて何か作ってくれていた。台所もいろんなものがならべてある。調味料や料理の雑誌やまるめたスーパーのビニール袋《ぶくろ》やお菓子《かし》の空《あ》き箱《ばこ》や、そんなものがあちこちにある。その光景は、なぜか私をほっとさせた。

おばあさんがだしてくれたのは、おにぎりとお新香《しんこう》とお味噌汁《みそしる》だった。私とおとうさんはものも言わずに食べた。それはおにぎりでないみたいに、おにぎりにそっくりの、食べたことのないもののようにおいしかった。おいしい！　と思わず叫《さけ》びそうになって、あわててその言葉を飲みこんだのは、それ見ろ、こういうことを言いたかったんだ、とかなんとか、おとうさんに言われたくなかったからだった。そして言葉を飲みこんでから、なんとなく、私はいやらしい子供だ、とこっそり思った。結局、

「すごくおいしい」

小さな声でそう言った。おばあさんは目を細めて笑った。

「本当マジでうまいです、こんなにうまいおにぎり食べたことない」

おとうさんも言った。食べているあいだ、つるつる頭のおじさんが食堂をちょっとのぞいて、軽く頭を下げた。私たちもおじぎをしたが、顔をあげるともういなくなっていた。

食後におばあさんがグレープフルーツをだしてくれた。二つに割ったグレープフルーツの真ん中に砂糖《さとう》が盛《も》ってあった。

「泊《と》めてくれって言う人は、もう全然いないんですか、こんなにいいところなのに」

スプーンで果肉《かにく》をすくいながらおとうさんがきく。私のとなりに腰《こし》かけ、おばあさんは一つ大きくうなずいて、ひそひそ話をするように声を落とした。

「三年くらい前まではいたの、だけどうわさが流れてだんだん減っていってねえ、一年に一人か二人、くるかこないかなのに、食事の支度《したく》するのもなんだし、もうやめようかっていうことになって」

「うわさって?」

　おとうさんがきく。おばあさんはおとうさんを見、私を見、自分の指先に目を落として、こんな話をはじめた。

「きてくださったかたに話すようなことじゃないんだけど、一応言っておいたほうがいいわねえ。五年か、六年か、たったかしらねえ。ここはさ、夏のあいだわりと人はきていたの、涼《すず》しいし、山おりて少し車で走れば海もあるしねえ。あの日はうんと暑い日で、ずいぶん大勢の人が泊まりにきていたっけねえ。家族連れもいたし恋人同士もいたし、学生さんのグループもいた。本堂《ほんどう》を区切ってさ、そこに寝《ね》てもらうの、にぎやかだったねえ、こんなせまいところだから、同じ日に泊まった人はみんな仲よくなっちゃって、子供たちは枕投《まくらな》げしたり大人たちは輪になってお酒を飲んだり。真夜中、二時近くなってようやくみんな寝静まったくらい。私はさ、朝ごはんのしたごしらえをしておこうと思って夜ふかしをしていたんだねえ」

ガラス戸が少し開いていて、やわらかく風が吹きこんでくる。寝苦《ねぐる》しい夜、枕元《まくらもと》にすわっただれかがうちわであおいでくれたことを思いだす。あれはだれだったろう。おばあちゃんかおかあさんか、それともおとうさんだったろうか。口の中に、溶《と》けきらない砂糖《さとう》がじゃりじゃりと残っている。おばあさんはふとガラス戸の向こうの、縁側《えんがわ》に目を向けて言葉を切り、まるでだれかがきたのを認めるようにしてまた言葉を続けた。私もつられてそちらを見たが、すだれがのんびりと揺《ゆ》れているだけだった。

「お米をといで、漬物《つけもの》を切って、煮物《にもの》の材料を鍋《なべ》にうつして……、そしたら、ごめんください、空耳《そらみみ》かと思うくらい小さい声がきこえて、はて、玄関《げんかん》にいってみたら女の人が立ってる。紺地《こんじ》に朝顔《あさがお》が染《そ》め抜《ぬ》いてある浴衣《ゆかた》着て、真っ白な肌《はだ》に赤い紅《べに》があざやかでねえ。だけど荷物は何も持ってない。浴衣の帯に、白いうちわがはさんであるきり。何かご用でしょうか、そうきいたらその人ね、知りあいが今日ここに泊《と》まっているはずなので、夜分に失礼だけれど自分も泊めてもらえないかって、そう言うの」

私はおとうさんを見あげた。おとうさんはまばたき一つせず、ぎざぎざのスプーンを握《にぎ》った手を動かしもせず、じっとおばあさんの話にきき入っている。やばい。これはやばい。この話はきっとやばい方向に進んでいく。そんな気がしたが、その場を立ち去ることもできず、耳を両手でふさぐこともできず、私もやっぱり、おとうさんと同じように、しわの中に埋《う》もれたようなおばあさんの薄《うす》い唇《くちびる》を見つめた。

「知りあいがいるんならどうぞって、本堂《ほんどう》にご案内して、私は台所に戻《もど》ろうとして、ふと、知りあいの人見つかるかしらって気になっちゃってさ、渡《わた》り廊《ろう》下《か》を戻って、本堂をちらりとのぞいたの。浴衣の女の人はね、こう、ゆっくりゆっくり、一人一人の寝《ね》顔《がお》をのぞきこみながら本堂の中を歩いてた、足音一つたてずに。一人一人に息を吹きかけるようにしてさ。窓から月の明かりがさしこんで、その女の人、きらきら光っているみたいに見えた。それが全員見おわったらしいんだけれど、知りあいの人を見つけられなかったみたいなの。だけどその女の人、こちらに戻ってこずに、本堂の窓をすっと開けてね、外にでていっちゃったんだよねえ。私あわててあとを追ってさ、知りあいがいなくても泊まってってかまわないって言おうとして本堂からおもてに飛びだしたら」

おばあさんは言葉を切ってもう一度、縁側のあたりを見た。おとうさんがつばを飲みこむ音が響《ひび》きわたる。

「もういなかった。どこにもいなかった。お墓《はか》のあたりも捜《さが》したんだけど、消えちまったみたいにいなくなっちゃった」

おばあさんはじろりと、私を見、おとうさんを見た。私たちは何も言わなかった。とっくに食べおえたグレープフルーツが、舌《した》の上で苦かった。

「その人ね、つぎの夏にもきたの。同じ日。同じ時間。つぎの年はそんなに混んでいなかった。二時近くに、玄関《げんかん》に浴衣《ゆかた》で立つ女の人をまた迎えてさ、私言ったの、知りあいがいるんならどうぞ、でももし、知りあいのかたがいなくても、どうぞ泊《と》まっていってくださいって。その人はね、小さい小さい、蚊《か》が飛ぶより小さい声で、宿を捜《さが》してるんじゃないんです、知りあいを捜さなくちゃならないんです。そう言って、またすうっと、本堂《ほんどう》へいった。去年とまったく同じ、一人一人の顔をそうっと、息を吹きかけるみたいにのぞいて歩いて、同じガラス戸を開いておもてにでていった。私もあわててあとを追って、跡形《あとかた》もなく女の人の姿が見あたらなかったのも前の年と同じ、だけど一つだけちがうのは、墓地《ぼち》のどっかから、すすり泣く声がきこえてきた。小さな小さな、子供の寝息《ねいき》より小さな声。私は不思議とこわくなくて、墓地の中を捜しまわったの、どこにいるの、泊まっていきなさい、でていらっしゃい、そう言いながら。でもねだれもいなかった。まるで墓石全部がすすり泣いてるみたいに、声がどこからきこえてくるのかもわからなかった」

がらり、いきなり食堂の戸が開いて、私とおとうさんは声にならない叫《さけ》び声をあげて、数センチ飛びあがった。廊下《ろうか》に通じる戸の向こうには、つるつる頭のおじさんがパジャマを着て立っていた。

「いい加減《かげん》にしとけ」

おばあさんにそう言うと、また戸を閉めてしまった。おばあさんはぺろりと舌《した》をだし、私に笑いかけた。笑いかえすこともできなかった。

「そ、その女の人、今でもくるんですか」

三回くらいつばを飲みこんでから、そうきくのが精一杯《せいいっぱい》だった。

「毎年きていたんだよ、だからすっかりうわさになっちまった。あそこは幽霊《ゆうれい》が毎年客の顔をのぞきにくるって。だけど今年で人をお泊めするのは最後にしようという年に、やっぱりあらわれたその女の人に私は言ったんだ、来年はもうここに泊まる人もいない、だから、捜しにきてもあんたの知りあいは見つからないだろうって。

その年からきてないよ。だからだいじょうぶ。ゆっくり眠《ねむ》りなさい」

おばあさんはそう言って、グレープフルーツのお皿をかたづけた。

どこかの部屋を貸してくれるのかと思っていたら、おばあさんのあとについていった長い廊下《ろうか》の先には、だだっ広い本堂《ほんどう》があった。黒光りする木の床《ゆか》、月の光のにじむガラス戸、奥《おく》にひっそりと立つ仏像、そのまわりのものものしい置物、ぼんやりとその周辺を照らしだす二本のろうそく。ソックスの下からひんやりと床の冷たさが這《は》いあがってきて、そのせいばかりではなく、私の全身にぷつぷつと鳥肌《とりはだ》が浮《う》きあがる。

「ここで寝《ね》るんですか」

私は言った。口の中がからからにかわいていた。

「そう、広いでしょ、どこで寝てもいいからねえ。そうそ、おふとんはあっちの奥に押《お》し入《い》れがあるでしょ、あそこに入ってるから、ご自分でおしきになってね。それからお風呂《ふろ》、さっきの玄関《げんかん》から続く廊下のつきあたりにあるから、どうぞご自由にお入りになって。私どももう入ってしまったから、遠慮《えんりょ》なくね。それではおやすみなさいまし。いい夢見られますように」

おばあさんはお芝居《しばい》のせりふみたいにそれだけ言って、渡《わた》り廊下を戻《もど》っていってしまった。おとうさんだってさっきの話にずいぶんのめりこんでいたのに、もう忘れてしまったのか、それともこわがっているのをさとられないようにつくろっているのか、

「じゃあおとうさん風呂入ってこようかな、ずいぶん汗《あせ》かいたもんなあ、ハルふとんしいておいてよ」

明るく言って風呂場へいこうとするので、必死にとめた。この薄暗《うすぐら》い本堂に一人置いていかれるなんて冗談《じょうだん》じゃない。

「汗はひいたし、今入ったら風邪《かぜ》ひくよ、ここずいぶん涼《すず》しいから。だから、さ、明日、明日入ろう。ね、そうしよう」

おとうさんは私を見、それもそうだな、口の中でつぶやいて、仏像の左うしろにある押し入れまですたすたと歩き、ふとんを引っぱりだした。五十畳《じょう》はあるかと思われる広い本堂の、どこにふとんをしくかでさんざんもめ、――おとうさんは仏像のすぐそばがいいと言った。何があっても仏像が守ってくれるからと言いはったが、ろうそくの火に照らされる鈍《にぶ》い色の仏像の顔、とくにその半分閉じたような目が動

きそうな気がして私は絶対にいやだと主張し、結局渡《わた》り廊下《ろうか》へと続く引き戸にくっつけてしくことにした——あとはもう眠《ねむ》るだけだ、熟睡《じゅくすい》すれば何があってもだいじょうぶだと自分に言いきかせていると、おとうさんがあきれかえるようなことを言いだした。

「肝試《きもだめ》ししよう」

私はぽかんとしておとうさんを見あげた。おとうさんはシャツを脱《ぬ》いでTシャツに着替《きが》え、ふとんの上に立って満面に笑《え》みを浮《う》かべている。

「まだ九時にもなってないぞ。ちょっと、墓地《ぼち》のあたり散歩してこよう」

「ぜったいにいやだ」

強く拒否したはずが、私の声はたよりなく、うそをごまかす小さな子供みたいに響《ひび》いた。

「平気だって。最近は何もないっておばあさん言ってたし、二人いれば平気だよ」

「あ、悪趣味《あくしゅみ》だよ」

「そうかなあ。夏といえば肝試しだと思うんだけど」おとうさんはちらりと私を見、「じゃあいいや。おれ一人でいってくる。まだ眠くないし」

そんなことを言いだすので私はフルスピードで立ちあがり、おとうさんの腕《うで》を握《にぎ》った。

「よしいこう、いこういこう肝試し。そのかわり、絶対に一人にしないでよ。一人にしたらどんなことになるか覚えておくがいい、私はあんたを逮捕《たいほ》させることだってできるんだし、本気になったら、もっと、もっと、も、もっとすごいことだって」

「わかったわかった、二人でいこう」

私たちは本堂《ほんどう》の引き戸を開け、木の階段をギシギシいわせており、境内《けいだい》を横切って墓地を目指した。あたりは月明かりで、ぼんやりと明るかった。黒い絵の具のついた絵筆を洗ったあとの水のような、そんな色だった。日暮《ひぐ》れ時までうるさいほど鳴いていたせみは眠ってしまったのか、なんの音もきこえてこない。ときおり風が木々を笑わすように吹き、葉がこすれあうかすかな音が耳に響くだけだった。

山の斜面《しゃめん》に建つ墓地は、思いのほか広かった。墓石《はかいし》と墓石で区切《くぎ》られた道は細く、迷路のようにくねくねと入り組んでいる。指が食いこむくらいの力をこめて、私はおとうさんの腕を握りしめていた。すすり泣きがきこえてこないか、耳の奥《おく》が痛くなるほど耳をすませる。

「朝になったら景色いいんだろうなあ。こんなところに埋《う》めてもらうのもいいな、でもあれかあ。のぼり坂きつくて、めったに人が墓参《はかまい》りにきてくれないかなあ。そんなことないか、ほら見てみろ、ずいぶん花が活《い》けてある、あ、酒もある、まんじゅうも。感心なもんだなあ」

おとうさんはのんきに言って、左右のお墓を指さす。たしかに、薄《うす》い闇《やみ》の中にひっそりと立つ灰色の石の前には、黄、赤、紫《むらさき》、色とりどりの花が飾ってあり、透明《とうめい》の液体がつまったガラス瓶《びん》が置いてあった。それらに感心できるほどの余裕《よゆう》はなかったが。

両側を墓に囲まれた細い通路を右に曲がり、左に曲がりしておとうさんは歩く。頭の上でだれかがか細い声をあげたように思い顔をあげると、ずいぶん高いところにみっしりとついた葉が影絵のように揺《ゆ》れ動いている。

「さっきの話、本当かなあ」

声をだしていないと不安だったので私は言った。できれば、うそに決まってるよ、そう答えてほしかったのだが、

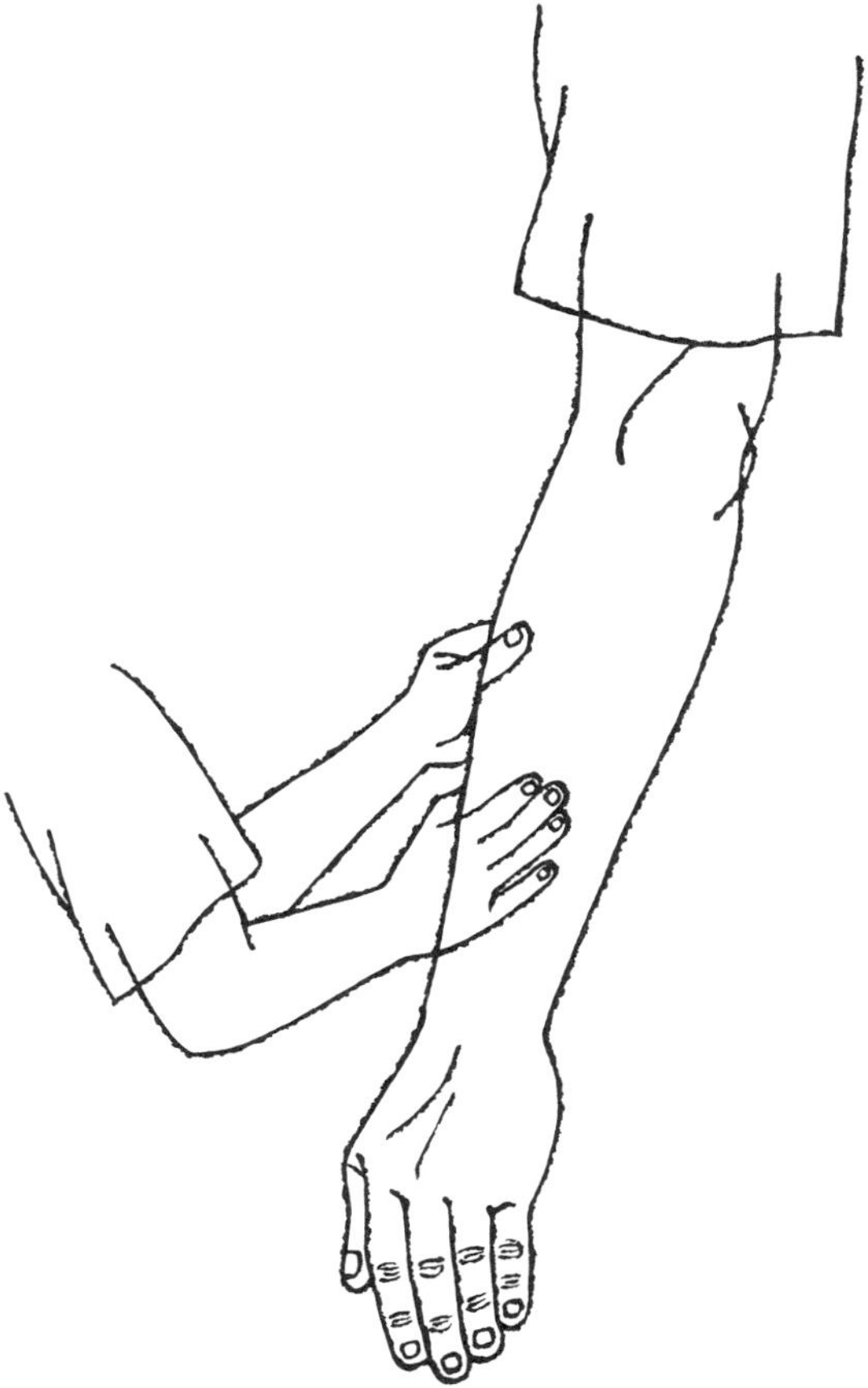

「本当じゃないかなあ」

おとうさんは言った。私は黙《だま》った。あたりはまた静まりかえる。突然《とつぜん》の侵入者《しんにゅうしゃ》をチェックするように、ならんだ墓《はか》はひっそり、ひんやりとした視線をこちらに送っている、そんな気がする。

「その女の人は、だれを捜《さが》していたんだろう」

その話はもうやめてほしかったのにおとうさんは続ける。

「さあ」

「きっと恋人だろうなあ。恋人と約束していたとか、伝えたいことがあったとか、きっとそういうんだろうなあ。その女の人は今でも捜しているんだろうか。どっかちがうところにいって、同じように」

私の指を腕《うで》に食いこませたままおとうさんは角を曲がり、ふとそこで口を閉ざした。おとうさんから数歩遅《おく》れて私もその角を曲がり、息を飲んだ。

角を曲がっても今まで歩いてきたところと同じ、墓に囲まれた細い通路がのびているのだが、一番奥《おく》、つきあたりのお墓に、小さな明かりが灯《とも》っていた。細い細いろうそくのような光が、たよりなく動いている。ちらちらと、まるで宙《ちゅう》に浮かぶように。

「いた、いた痛いよハル」

私は指によほどの力をこめていたらしい。力を抜《ぬ》くかわり、両腕でおとうさんの腕をつかむ。

「なんだろあれ、ろうそくかな、だれかが火を灯していったのかな」

声は上《うわ》ずっているのに、おとうさんは引きかえさずじりじりとそちらに近づいていく。戻《もど》ろう、いっちゃだめだと、いくども言おうと口を開けたが声はでず、私はただ口をぱくぱくと動かしていた。

一足、一足、つきあたりのお墓に近づく。頭の上で葉っぱが笑う。今日の夕方、私たちがたどりつくより先にだれかがきて、お花を活《い》けて、ろうそくに火をつけていったにちがいない。そうにちがいない。でもどうしてその火がまだついているの？　風だって吹いているのに？　それにろうそくの火はあんなにちらちらと動くものだっけ？　いやいや、きっとものすごく長いろうそくなんだ、何時間でも消えないような。それにこんなにゆっくりした風がろうそくの火を吹き消せるわけがないじゃないか。一人、自問自答をくりかえしながら、おとうさんに引きずられるように先に進んだ。全身に鳥肌《とりはだ》がたち、やわらかい風がざらざらと感じられた。

「ハル」

おとうさんが小さな声でささやく。

「ろうそくじゃない」

お墓《はか》の数メートル前まで近づいたおとうさんがそう言ったとき、思わずおしっこをちびりそうになったが、おとうさんの背中につぶれるほど顔を押《お》しつけてぐっとこらえた。

「蛍《ほたる》だよ」

おとうさんの声は背中からじかにきこえた。私は顔を離《はな》し、そっとおとうさんの脇腹《わきばら》から顔をだした。

私はその生き物をはじめて見た。それは、一番奥《おく》の、田中家のお墓にではなく、お墓のわきに植えてある背の低い木に数匹とまっているのだった。ぽうっと、私の小指の先より小さな、青いような白いような光がふくらみ、数秒してふっと消える。そのすぐそばでまたぽっと明かりが灯《とも》り、しばらくして吸《す》いこまれるように消える。私とおとうさんは息を殺してその不思議な明かりを見つめた。あちらで灯り、こちらで灯り、ほのかな明かりはたえまなく続く。その静かな弱い明かりはあたりの音すべてを吸いこんで、点滅をくりかえしている。音の消えたクリスマスみたいだった。この世《よ》ではないお祝《いわ》いごとみたいだった。

翌朝《よくあさ》、おばあさんは本堂《ほんどう》に食事を運んでくれた。脚《あし》のついたお盆《ぼん》に、小さなお椀《わん》がたくさんのっていた。本堂のガラス戸をすべて開け、おばあさんは入りこむ陽《ひ》をさけてお盆を向かいあわせにならべて、いってしまった。私とおとうさんは向きあってすわった。ずいぶん豪華《ごうか》な朝ごはんだった。満月みたいに黄色いたまご焼。あじのひらき大根おろし添《ぞ》え。こぶりのお椀にもられた色あざやかなサラダ。油揚《あぶらあ》げとにんじんの入ったつややかなひじき。白身魚のお味噌汁《みそしる》。こんにゃくをたらこであえたもの。ほうれん草のごまよごし。おひつからごはんをよそい、私たちはいただきますと声をあわせた。

開け放ったガラス戸の向こうは、白く染まって見えるくらい強く陽が降りそそぎ、生《お》い茂《しげ》る木々の緑が目に痛いくらいあざやかだった。真っ白い地面に影が落ちて、その影はゆるゆると這《は》うように移動していた。せみの声がひっきりなしに話しかけるように響《ひび》いている。開いた窓《まど》から風が入りこんで抜《ぬ》けていき、おもての景色と裏《うら》腹《はら》にひどく涼《すず》しい。ガラス戸のさんに区切《くぎ》られている空に、いかにもやわらかそうな雲がいくつか浮《う》かんでいる。静かだった。長い赤いお箸《はし》を使って、私はつぎつぎと皿の上のものを口に放りこんだ。

時間がとまってしまったように思えた。おとうさんは何も言わず、ときおり私のように目を細めてガラス戸の向こうに広がる境内《けいだい》を見、休むことなく箸を動かしていた。

木々の落とす淡《あわ》い影以外、何一つ色のない、真っ白の境内に重なるように、一つの光景が薄《うす》く見えた。私はそこに目をこらす。突然《とつぜん》浮かびあがったその光景は次第にくっきりと見えてくる。

私がいて、おとうさんがいて、おかあさんがいる。茶色い四角いテーブルに私たちはすわっている。おとうさんとおかあさんは、長方形のテーブルの、長い面に向きあってすわっていて、私は短い面に、二人より背の高いいすに腰《こし》かけている。おかあさんのうしろに、ずいぶん大きな窓がある。カーテンはかかっていなくて、窓は開け放たれていて、厚みのある雲がゆっくり移動しているのが見える。どこだろう。テーブルの真ん中に大きなお皿が一枚、ベーコンやトマトや卵やツナマヨネーズやきゅうりが、パレットにのった絵の具みたいにならんでいる。それからケチャップ、マヨネーズ、からし、バター、おしょう油、お塩、そんなものが散乱している。おかあさんがロールパンの真ん中を小さなナイフで切っている。おとうさんに何かきき、ベーコンとトマトをパンにはさみ、ケチャップとマヨネーズをたっぷりとのせて手わたす。おかあさんが何か言い、おとうさんが笑う。おとうさんは私をのぞきこみ、私も笑っている。おかあさんのうしろの窓ガラスから入りこむ陽《ひ》の光が、茶色いテーブルにななめの切りこみをいれている。どこだろう。みんな言葉を交《か》わしているけれどここにいる私にはきこえない。

私はもっと目をこらす。ふいに頭に思い浮かんで、今目の前にあるすべてより色濃《こ》く見えてきたその光景が、いったいなんなのか思いだすために。

私のうしろにも大きな窓がある。ここにもカーテンはかかっていない。窓は開いていて、やっぱり青い空が見えている。その窓の下に、いすにすわる私の体より大きなくまのぬいぐるみが転がっていて、それで、私はその場所がどこなのかをようやく思いだす。私が小学校一年まで住んでいた、アパートだ。今まで思いだしたこともなかったその場所。茶色いテーブルや巨大なくまのぬいぐるみ。どうして今ここで、こんなにもくっきりと思いだしたのだろう。

窓《まど》のやたらとある部屋だった。くまも私のかばんも、おかあさんの本も、窓から入りこむ陽《ひ》ざしですぐ色あせてしまうのだ。ばたばたと走りまわると下の階の人に怒《おこ》られるから、そうっと歩きなさいと言われていて、私たちはいつも、わざとらしく忍《しの》び足《あし》で歩いては、のけぞって笑ってばかりいた。おとうさんたちの部屋はものすごくせまかった。テーブルのすぐ向こうに台所があって、おかあさんが何を作っているかごはんの前にわかってしまうのだ。台所の窓枠《まどわく》にはパセリの鉢《はち》が二つ、置いてあった。ある日虫がついてしまって、私とおかあさんはため息をついてその鉢を一日じゅうながめていた。パセリの茎《くき》をせわしなくのぼったりおりたりする、数えきれない、薄緑《うすみどり》の小さな虫たち。

「ごちそうさま」おとうさんが箸《はし》を置く。「うまかった」

私も箸を置く。何も残さなかった。あんまり好きではなかったほうれん草もきれいに食べてしまった。おとうさんはその場にごろりと横たわり、うーんいい気持ち、とそうつぶやいて目を閉じる。私もまねをして、ひんやり冷たい床《ゆか》に横たわった。風が額《ひたい》にかかった髪をかきあげて通りすぎる。

「おとうさん、私今、昔《むかし》住んでたアパートのこと思いだしてた」

「え」おとうさんは首だけ持ちあげて私をのぞきこむ。「ハル、覚えてるの？　花《はな》宮《みや》のアパート」

「花宮なんて場所は知らないけど、でも、窓がたくさんあって、静かに歩かなきゃならなかった」

私はひどく高い天井《てんじょう》の、木目模様《もくめもよう》を見つめて答える。

「そうそう、不思議なもんだな、今とうさんも、思いだしてた」おとうさんも天井を見あげて言った。「せまいところだったな。台所にテーブル置いたら通り抜《ぬ》けるのがたいへんでさ。でも風はよく入った。晴れた日なんか、気持ちよかったな、全部窓開けてさ。四階建ての一番上だったんだよな。一階に大家が住んでて、口うるさいじじいだったなあ、ゴミとか自転車とか、いちいち怒られたもんなあ」

最後のほうはひとりごとのように言い、おとうさんは寝たまま大きく伸《の》びをする。

私はゆっくりと目を閉じる。体がふわふわと浮《う》くように気持ちがいい。どこか遠くでせみが鳴いている。そういえば、私は近ごろファミリーレストランのことを考えない。うとうとしながらそんなことに気づいた。ファミリーレストランのあの、たくさんのカラフルな料理ののったメニューのこと。頭の中でメニューを広げてみるが、品物はあらわれず、閉じた目の中で太陽がきらきらきらと反射しているだけだ。そのきらきらは眠《ねむ》りを誘《さそ》う。きらきらがだんだん薄暗《うすぐら》くなっていって、いつのまにか眠りに落ちる。

私は目を開けて、あたりを見まわした。朝食ののったお盆《ぼん》はさげられていて、となりに寝転《ねころ》んでいたはずのおとうさんはいなかった。

上半身を起こし、本堂《ほんどう》に面した庭を見る。まぶしく光っていて私は目を細める。

立ちあがっておばあさんたちの住む家に向かい、おとうさんの姿を捜《さが》した。おとうさんは食堂のすみに置いてある電話の受話器を握《にぎ》りしめ、低い声で何かつぶやいていた。取り引きの内容に耳をそばだてようとすると、おばあさんが私の肩《かた》にふれた。

「ゆうべ、女の人本堂にこなかったでしょ？」

そう言っていたずらに成功した子供のように笑って見せた。

「すいか食べる？」

電話をおえたおとうさんと、おばあさんの家の縁側《えんがわ》に腰《こし》かけてすいかを食べた。甘《あま》い、甘いすいかだった。おかあさん、元気だった、取り引きの調子はどう？　そうきこうと、いくども言葉を舌《した》の上に転がしたけれど、結局すいかの甘い汁《しる》といっしょに飲みこんだ。

頭のずっと上のほうで、きいたことのない声で鳥が鳴いていた。庭に生えた雑草がそれにあわせるように、ゆらりゆらり揺《ゆ》れていた。

バスと急行電車を乗りついで、私たちはにぎやかな町についた。駅は人でごったがえしていた。子供の姿はあまりなく、たいがいが、おとうさんよりうんと年上の男の人たちのグループか、おかあさんよりやっぱり年上の女の人たちのグループ、あるいは男と女のまじったグループ連ればかりで、輪になって話しこんでいたり、しゃがんでワンカップのお酒を飲んでいたりした。ひっきりなしにアナウンスが入り、次の電車の発車ホームだの乗りかえの案内だのをくりかえしていた。

おとうさんがみどりの窓口《まどぐち》にいって何か調べものをしているあいだ、私は駅ビルの一階にあるみやげもの屋のガラスに自分の姿を映《うつ》してまじまじとながめていた。

あんたはだれ、と、ガラスに薄《うす》く映る子供に向かって私は言いそうになった。それほど、すぐ目の前にいる女の子は、私の知っている私の姿とかけ離《はな》れて見えた。

もちろん、もう少し切《き》れ長《なが》だったほうが大人っぽいのにな、といつも思う目とか、どうしてこんなに大きいんだろう、といやになる口とか、パーツや全体像は見なれた私のものだった。だけど、何かちがうのだ。まるで、薄《うす》い皮一枚を残して、中身を全部入れかえてしまったみたい。

髪《かみ》はぼさぼさ、肩《かた》のあたりまで中途半端《ちゅうとはんぱ》に伸《の》びていて、しかもあちこち寝癖《ねぐせ》がついて髪の束《たば》が飛びはねている。身につけているのは、色あせて、首まわりのだらしなく伸びきっただぼだぼのTシャツと、派手《はで》好きのおかあさんを持つサッカー少年に借りたような、膝丈《ひざたけ》パンツ。そこから伸びている腕《うで》や足はおどろくくらい日に焼けている。顔はもっとひどいことになっている。黒々と日に焼けた上、鼻の頭の皮がむけはじめて、赤いのだ。

そして全体的に、汚《きたな》らしい。そう、まったく汚らしい。うすうす自分が汚《よご》れていくらしいことはわかっていた。おとうさんに連れられて毎晩《まいばん》宿をかえ、毎日かならずお風呂《ふろ》に入るのに、なぜだか汚れがきちんと落ちないような気がしていた。それは不思議な感覚だった。ナイロンタオルに石鹸《せっけん》をしみこませて、汚れという汚れが全部落ちるよう、力を入れて体を磨《みが》いてみても、焼けた肌《はだ》がひりひりするだけで、きれいになったという気がしない。朝は朝で、おとうさんの五百倍くらいの時間をかけて歯を磨《みが》き――おとうさんは五秒くらいしか歯ブラシを口につっこんでいない――、石鹸《せっけん》をごしごし泡立《あわだ》てて念入《ねんい》りに顔を洗っている。それでも宿をでて、電車に乗ったりバスに乗ったりしているうち、昨日より汚《よご》れはじめていると思うのだ。汚れは膜《まく》みたいに私の体じゅうをおおって、一日一日、ぶ厚くなっていく。

そしてそれは、ちっともいやな感じではなかった。いやな感じにならないことに、一番びっくりした。きっと今の私をおかあさんが見たら、眉間《みけん》に数えきれないほどしわを寄せて、どうしたの？　ときくと思うけれど。そう言われていつもの私だったら、自分がこの世《よ》の中でもっとも汚《きたな》らしい子供のように思えて、これ以上ないほど悲しくなったと思うけれど。

ガラスに映《うつ》った、どの子供より汚らしい自分の姿を私は、なかなかいいじゃん、と思った。たとえおかあさんが眉間に何本しわを寄せたとしても。ガラスの中からこっちを見ている子供は、生まれたときから、ずうっとだれかといっしょに、全国各地を逃げまわってきた、たのもしくかっこいい子供に見える。

みどりの窓口《まどぐち》からおとうさんがでてきて、こちらに向かって歩いてくるのがガラ

スに映《うつ》る。おとうさんもそうとう汚《きたな》い。おとうさんはシャツとTシャツの二枚しか持っていなくて、三日おきくらいに洗っては取りかえているけれど、両方白いのでどちらも黄ばんでしまっていて、しかも汚《よご》れが目立《めだ》つ。おしょう油のしみとか、茶色いお酒のしみとか。

「なんだ、ほしいものでもあるのか」

おとうさんは私のところまできて、みやげもの屋の前に立ちつくしている私にそうきいたが、言ってからすぐつけたした。

「何も買ってやれないけどな」

駅からふたたびバスか電車に乗るのだろうと思っていたが、おとうさんが向かったのは、駅前に建つスーパーマーケットだった。

「何買うの」

銀色のカートを押《お》すおとうさんにきいた。おとうさんはにやにや笑うだけで答えない。

おとうさんの持っているお金がだんだん少なくなってきていることを、うすうす感じていた。前みたいに、水着だ、服だ、お菓子《かし》だと、ぽんぽん買ってくれることはなくなったし、最初のころはふつうに旅館に泊《と》まっていたけれど、お寺に泊まったあたりから、泊まるときはいちいち値段をたしかめるようになった。もっと安い旅館を捜《さが》すために、三時間くらい、あちこち値段をききまわったこともある。

野菜コーナーで放心《ほうしん》したように棚《たな》を見まわしているおとうさんに私はきいた。

「お金、あるの」

おとうさんは私を見おろし、不自然なくらい大きな声をあげて笑った。

「おれって本当に信用ないんだなあ。金がなかったらスーパーなんか入りませんよ。スーパーで楽しく時間をすごすコツは、金のことなどいっさい考えずばんばんものを買う」

そう言いながら、たしかにばんばんと、ピーマンや玉ねぎやキャベツをかごに放りこんだ。

心配いらないと言われ、ようやく安心して私はスーパーの中をぐるり見わたした。ああスーパー！　なんてひさしぶりなんだろう。それにしてもなんて巨大な場所なんだろう。涼《すず》しくて、明るくて、清潔《せいけつ》で、ありとあらゆるものが行儀《ぎょうぎ》よくならんでいる。スーパーは駅前とうってかわってがらがらだった。サンダルばきのおじさんや、ショートパンツの女の人が面倒《めんどう》そうに棚《たな》の合間《あいま》を歩いていた。

「つぎは肉だ、ハル、きみを肉大臣にする。好きな肉を好きなだけ入れてくださ い」

精肉《せいにく》コーナーでそう言われ、ひんやりした冷気を流す棚に顔を近づけ、私は夢中で肉を選んだ。金ぴかのシールがはられた霜降《しもふ》り牛のステーキ。こんなの食べたことない。それからチューリップとおかあさんが呼ぶ骨付きの鶏肉《とりにく》。チーズ入りのウインナ。コロコロステーキ肉。そこまで入れておとうさんをちらりと見ると、

「大臣、遠慮《えんりょ》なさらずにお入れください」

そう言うので、さらに、宝石《ほうせき》みたいにつやのあるすき焼き用牛肉や、可憐《かれん》な花みたいな色をした豚《ぶた》の薄《うす》切り肉なんかをどんどん入れていった。本当に自分がほかの子供にかわってしまったみたいに思えた。それくらい私は興奮《こうふん》していた。

「私、お菓子《かし》大臣もやりたいです」

「許可しましょう、大臣、お菓子を選んでください」

精肉コーナーから私は飛びはねるようにしてお菓子コーナーへいき、背の高い棚一面につまった色とりどりのお菓子を物色《ぶっしょく》する。見たことのないパッケージのポテ

トチップスがある。新製品かな、それとも地域限定品かな。クラスの中山さんたちがおいしいって言っていたのは、スパイシーなスナックだっけ、それともえんどう豆のお菓子だっけ。これは学校の裏《うら》に去年まであった駄菓子《だがし》屋さんで売っていたのと同じものだ。しかし世の中には、なんてたくさんのお菓子があるんだろう。もし私がお菓子好きの飢《う》えた子牛だったら、何を食べようか迷《まよ》っているあいだに死んでしまうだろうな。

おとうさんとあちこち泊《と》まり歩いてもう二週間以上すぎている。日にちや曜日の感覚なんてとうにないけれど、もう八月になっているから、そのくらいだ。そのあいだ、こんなに大きなスーパーに立ち寄ったことはなかった。私はこの世の中に、こんなに便利な、人を興奮させる巨大な場所があること自体忘れかけていた。

「おれは調味料大臣になる」

おとうさんが言って、焼き肉のたれなんかを選びはじめたので、私は今日の晩ごはんがなんであるかを知ることができた。おとうさんも私のように興奮して、たった一瓶《びん》たれを選ぶのにそうとうな時間をかけていた。

山盛《やまも》りになったカートを押《お》してレジまでいき、鼻息をあらくして二人ならんで立ち、ポニーテイルに結《ゆ》った色の白いおねえさんが機械にバーコードを読み取らせていくのをながめた。一つ読み取るたび、合計がぴっぴっと音をたてて画面に表示される。かごの中身が半分ほどになったとき、おとうさんがそわそわしはじめた。おねえさんが霜降《しもふ》り牛のバーコードを読み取らせた瞬間《しゅんかん》、

「ちょちょ、ちょっと待ってください」

おとうさんは声をうらがえしておねえさんの手にふれた。おねえさんはびっくりして手をひっこめる。

「まちがえた、買ってくるように言われたのはちがうものだった、いやまいっちゃうね、買い物メモを持ってたんだけど、ここ、広いから、なんか夢中になっちゃって、必要のないものまで入れちゃって、これじゃ怒《おこ》られちまうな、すいません、本当、うちのやつ、こわいんで」

しどろもどろに意味不明のことをつぶやきながら、おねえさんが一つ一つだしていった品物をおとうさんはまたかごに戻《もど》している。おねえさんはぽかんとしておとうさんを見ていた。そして私を見、困ったように笑いかけた。私も困ったような顔で笑いかえした。

おとうさんは値段を調べながら、牛肉や、スナック菓子《がし》や、野菜を棚《たな》に戻していった。

「悪いな、ハル、ちょっと予想外に出費が多くて」

顔を赤くしておとうさんは言った。私はべつに怒らなかった。おとうさんをかっこ悪いとも思わなかった。ただちょっとかわいそうだったので、私は言った。

「一番楽しいのはさ、かごにぽんぽん入れてるときだけだもん、そんなに買ったって、二人じゃ食べきれないし。さっきものすごく楽しかったから、べつにいいよ」

おとうさんは赤い顔のまま私を見、額《ひたい》の汗《あせ》を拭《ぬぐ》って、

「申しわけない、大臣」

小さくつぶやいた。

だいじょうぶ。肉大臣やお菓子大臣やたれ大臣が何人いても、大蔵《おおくら》大臣がいないことは私だってよく知っているのだ。

結局私たちの買い物にカートなどは必要なかった。ほんの少しの野菜と、牛と豚《ぶた》と一パックずつ、ウインナと、焼き肉のたれは、スーパーのビニール袋《ぶくろ》一つにおさまって、それを手に促《うなが》されるままバスに乗った。

二人がけのシートで私はおとうさんの腕《うで》に寄りそって眠《ねむ》った。何番のバス停からでるバスに乗る、何時発の電車に乗る、そこからまた乗りかえる、もう何を言われても私は不安など感じなかったし、帰れなくなるのではないかと思ったりしなくなった。このまま九月になってしまったってかまわないと、私は本気で思っていた。バスの振動《しんどう》に揺《ゆ》られ眠りは浅くなったり深くなったりし、ときおり、耳のすぐ近くでスーパーのビニール袋《ぶくろ》がかさかさと鳴っているのがきこえた。

バスの終点でおりると、そこはうっそうと緑の茂《しげ》った大きな公園だった。入り口に看板《かんばん》がある。湧《わ》き水の広場とか、アスレチックコースとか、サイクリングコース、モトクロス練習場、バーベキュー広場、キャンプ場、消えかかった文字を目で追っていくと、公園はとんでもなく大きいらしい。

「今日の予定を発表する」

おとうさんは看板の前に仁王《におう》立ちになって言った。

「五時、晩《ばん》めしその他の準備開始。七時、バーベキュー広場で晩めし。九時、キャンプファイヤ、十時半、就寝《しゅうしん》」

バーベキューやキャンプファイヤは予想できたが、就寝までするとは思わなかった。

「公園の中に、泊《と》まるところあるの?」

きくとおとうさんは看板の、キャンプ場のところを指し、

「ある」

堂々《どうどう》と答えた。

「でも私たち、なんにも持ってないよ、テントとか、寝袋《ねぶくろ》とか」

「おとうさんにいいアイディアがあるからだいじょうぶだ」にやりと笑い、入り口の前の広場に視線を泳がせて、続けた。「五時にバーベキュー広場にきてくればいいから、それまで好きなところいってて遊んでてもいいぞ。キャンプにきてるような子供がいたらナンパしてもいいぞ。肉とか分けてもらえるかもしれないからな」

それだけ言って、バス停のわきにある公衆電話に向かった。四角いガラスの中に入ったおとうさんを、公園の入り口で私はしばらく見つめていた。受話器を耳にあてて、真剣《しんけん》な顔をしている。つながらなければいいのに。取り引きをおかあさんが認めなければいいのに。そんなことを思っている自分に気づいて、私はおとうさんに背を向け、公園の中へ走っていった。

一番近くにあったのは芝生《しばふ》の広場で、すみっこにアスレチックコースがあった。公園の入り口はひっそりしていたのに、けっこう人がいた。芝生では、カップルが寝《ね》そべっていたり、フリスビーを飛ばしあっていたり、赤ちゃん連れの家族がお弁《べん》当《とう》を食べていたりした。

アスレチックコースは混みあっていて、私と同い年くらいの子供がたくさん、順番待ちの列を作っている。私は体育が得意ではない。ならんでまでできないことをする気になれず、日陰《ひかげ》を作っている大木の根元で横になった。首を右に傾《かたむ》けると、三人組みの、高校生くらいの女の子がビーチマットをしいて水着で寝そべっているのが見える。左に傾けると、パイプをくわえて新聞を読んでいるおじいさんが見える。おじいさんのすぐそばに、黒と白の中型犬が行儀《ぎょうぎ》よくすわっている。正面を向くと重なりあった葉の合間《あいま》に、液体みたいな青い空。

目を閉じたまま、まぶたの裏に真っ青な空を再現していたら、すねに軽く冷たいものがふれた。起きあがってみるとそれはゴムのボールだった。飴玉《あめだま》みたいに黄色い。ボールを追ってきたのか、おじいさんの足元にすわっていた黒いほうの犬がすぐ近くまできて、舌《した》をだし、何か言いたげにボールを見ている。

「すいません」

　声がして顔をあげると、私とよく似た格好《かっこう》をした男の子が立っていた。私よりこぶし一つぐらい背が高く、けれど私をまる三日漂白《ひょうはく》したくらい色が白い。膝丈《ひざたけ》のパンツに、ぶかぶかのTシャツ。いろんな色の飛び散った私のものより、はるかに趣味《しゅみ》はよかったけれど。

「この犬の飼《か》い主《ぬし》もあんた？」

　そんなせりふが自然に自分の口から流れでたので私はびっくりした。おとうさんが私のことを、あんた、あんたというからつい言ってしまったけれど、初対面の子供にあんたなどと言われて彼はいやな気持ちにならなかっただろうかと、言ってからどきどきした。

「そう、クロって言うんだよ、あっちはシロ。簡単な名前だろ」

　男の子はクロの頭をなでながら、ものすごくいい感じで答えた。いい感じというのは、つまり、いきなり話しかけたことやあんたと呼んだことをまったく気にせず、ガードもしていないしいぶかしんでもいない、好意的な態度、ってことだ。

「じゃああの人はおじいちゃん？」私はボールをさしだしてきいた。

「そう。きみは？　一人？」

「おとうさんがいる。キャンプしにきたんだ」

「ふうん。いいな。ぼくなんかこの近所に住んでるから、あそこでキャンプしたことなんかないいな。あ、ほかの場所でキャンプしたこともないんだけど」

男の子はそう言って笑い、私の手からボールを受け取った。

またね、男の子は言って、手をふり、ボールを遠くに投げた。いけ、クロ、走れ！　叫《さけ》びながら、突然《とつぜん》走りだしたクロのあとを追っていってしまった。

たぶん五時にはまだ早いのだろうけれど、私はへたくそなスキップでバーベキュー広場に向かった。私は本当に、皮一枚残して全部かわってしまったのかもしれなかった。日に焼けていない私だったらあんなふうに知らない男の子に話しかけられなかったし、何か話しかけられても恥《は》ずかしくてわざと知らんぷりしたりしただろう。知らない男の子に話しかけて、いい感じの答えがかえってきて、言葉を交《か》わすのってなんて気持ちがいいんだろう、まるでスーパーマーケットで好きなだけ買い物をするみたいだ。

バーベキュー場もやっぱり大勢の人々がいて、みなあちこちで火をたいたり、バーベキューセットを組み立てたり、野菜を洗ったりしていた。おとうさんの姿を捜《さが》しだすのはひと苦労だった。

　公衆便所にほど近い、芝生《しばふ》のはげたようなところにおとうさんはいて、真《ま》っ赤《か》な顔をして炭《すみ》に火をつけていた。

「どうしたの、それ」

　バーベキューセットを指して私はきいた。

「借りたんだ」

「へええ、貸してくれるんだ、いいところだねえ。あのね私さっき、ナンパできそうだったんだけど、やめといた、その子近所に住んでるって言ってたし、肉とか持ってそうになかったから。犬は連れてたんだけど、まさかね」

　私は笑った。おとうさんは煙《けむり》のあがった炭を懸命《けんめい》に新聞紙であおぎ、私の話なんかきいていなかった。かまわず私はしゃべった。

「その犬さ、二匹いて、おかしいの、白い毛のがシロ、黒いのがクロっていうんだって。センスないよねえ。でも男の子ってみんなあんな感じだよね。ああでもその子はね、うちのクラスの男子なんかとはちょっとちがった。もっと洗練《せんれん》されてる感じだったな。だってその子のおじいさんなんかさ」

「たのむ」おとうさんはうめくように言って私の話をさえぎった。「手伝ってくれ」

五時前から準備をはじめたのに、夕食は八時近くになってしまった。それほど火をつけるのは私たちにとってむずかしく、私が野菜を洗っているあいだおとうさんはどこかへビールを買いにいったきり戻《もど》ってこなくて、戻ってきたときには真っ暗になっていた。まわりで楽しげに食事をしていた人たちは、肉の焦《こ》げるにおいや、たれのにおいを残してあらかたいなくなってしまった。

私たちは無言のまま肉や野菜をあみにならべ、焼けたのを確認して食べた。トイレのにおいが休むことなく漂《ただよ》っていた。おとうさんはひどく気落ちしているみたいだった。火をつけられなかったりビールを買いにいったり、段取《だんど》りの悪さに私は少々いらついていたのだが（ビールを買うお金があるのならコロコロステーキを買ってくれればよかったのに）、もそもそと肉を食べるおとうさんを見ていたら気《き》の毒《どく》になって、

「おいしいね」

声をかけた。おとうさんはうなずいてから黙《だま》りこみ、しばらくして、

「おれはだめだなあ」

　小さくつぶやいた。

「私、早く火をつけられるようになるよ、きっとコツがあるんだよ、それを覚えるよ」なぐさめるように私は言った。「それからさ、スーパーで買い物するとき、ビールはいいの？　って、きいてあげるよ。だからさ、だいじょうぶだよ」

　おとうさんはようやく顔をあげ、そうか、と、白い歯をのぞかせて笑った。

　バーベキュー場から数メートル歩くとキャンプ場がある。暗闇《くらやみ》の中にぼんやり、いくつかテントがたっている。明かりがついているのもあるし、消えているのもある。テントの前にいすをだして、肩《かた》を寄せあって何か飲んでいる恋人同士もいる。

「テントはどこで貸してくれるの」

　私はきいたが、おとうさんは
「貸してはもらえない」と言った。じゃあどうやって、と重ねてきく前に、「捜《さが》すんだ」と続けた。

　おとうさんの計画としては、ゴミ捨て場に用なしになったテントが絶対に捨ててある、それを拝借《はいしゃく》するらしかった。さっき、おとうさんを甘《あま》い言葉でなぐさめたことが後悔《こうかい》された。ああ、あんたは本当にだめだ、そう言ってやるべきだったのかもしれない。

しかし実際、ゴミ捨て場にテントは捨てられていたのだ。おとうさんは背をまるめ、いっしょに捨てられているお菓子《かし》の空《あ》き袋《ぶくろ》やビールの空き缶《かん》の中からそれを取りだし、ゴミを捨てにきた人の視線《しせん》も気にせず付属《ふぞく》のピンなども捜《さが》しだした。

さっきの失敗を念頭に置いて、おとうさんがテントを組み立てているあいだ、私はキャンプファイヤ用の火をつけることになった。バーベキューの残りの薪《まき》をたがいちがいに組み立てて、新聞紙をさしこみ、火をつけ、消えないように必死で風を送る。それを何回かくりかえしているうちに、薪は少しずつ、少しずつ燃えはじめる。私の膝《ひざ》の高さくらいでちろちろと燃える火をながめていると、テントができたとおとうさんが叫《さけ》んだ。ふり向くと、ずいぶん小さいが本当にテントはたっていた。てっぺんのあたりに、燃え広がってしまったようにまるく穴があいていた。捨てられていたものだからしかたがないが、ほんの少々、がっかりした。

私とおとうさんはとなりあってすわり、あまり迫力《はくりょく》のない火を見つめた。おとうさんはビールを飲んでいる。ほほと鼻の頭がちりちりと熱かった。

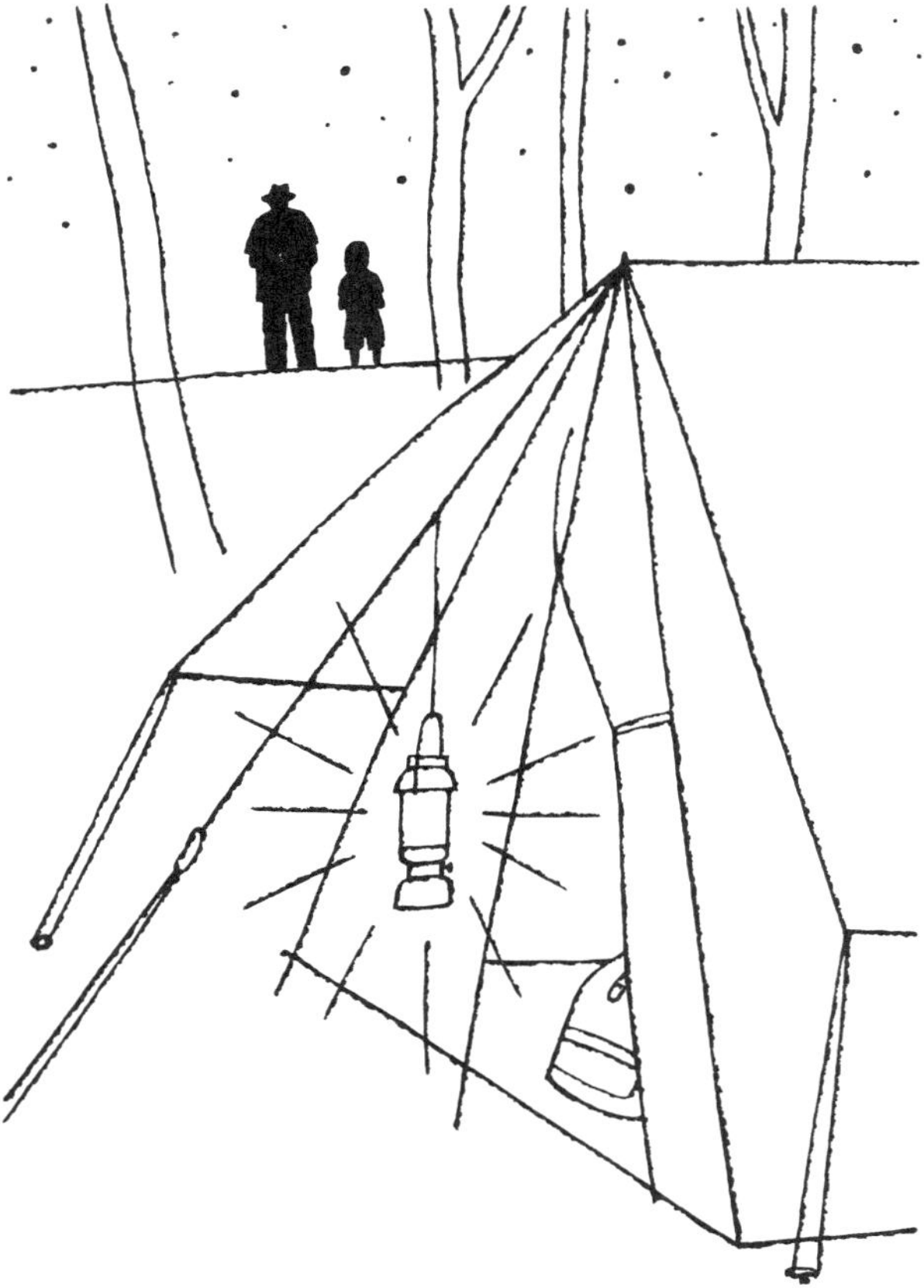

「取り引きはどうだった」

「まあなんとかね」どうとでもとれる言いかたをおとうさんはした。

さっきテントの前で肩《かた》を寄せあってすわっていた二人が、おたがいの体に腕《うで》をまわして散歩をはじめた。彼らの姿が、黒いシルエットになった木々の影《かげ》に見えなくなってから、私はふと思いついてきいた。

「おとうさんとおかあさんはどこでどんなふうに会ったの」

その質問がうれしかったらしく、おとうさんは顔を近づけ、酒くさい息を吐《は》きながら言った。

「おとうさんアルバイトしてたの、居酒屋《いざかや》で。そんときおかあさんが友達ときて、それで声かけられたの」

「おとうさんがお客さんだったおかあさんに声かけたの？」

「ちがうちがう、逆。お客さんだったおかあさんがおれに声かけたの」

「うそだあ」

「本当だよ」おとうさんは自慢《じまん》げにあごをあげて答えた。

「声かけたんじゃなくて、注文したんじゃないの」

「ちがうって。仕事は何時までなんですかって、声かけられたんだよ」

「へえええええ」

「つまりナンパだな」

「それいくつのとき」

「二十三。おかあさんは二十一」

「へえええええ」

私はそのときのことを、頭に思い浮《う》かべようとした。今より若いおとうさんがビールなんかを運んでいて、今より若いおかあさんがお酒を飲んでいて、それで、おとうさんに声をかける瞬間《しゅんかん》。全然うまくいかなかった。

「男の人がおとうさんしかいなかったんじゃないの」

「失礼だな、店員はみんな男で、五人はいたな」

私は目を閉じて、もう一度、その場面を考えてみる。けれどどうしても思い浮かぶのは今のおかあさんと今のおとうさんで、二人は笑ったり、けんかしたり、背中を向けて自分のことをしたりしている。おとうさんはまた新しいビールのプルタブを開ける。きっとうそだろう、こっそりと私は思った。だいたい、おかあさんが知らない男の人に声をかけるのなんて想像もできない。スカートをはかないで商店街を歩いている姿のほうが容易《ようい》に想像できるくらいだ。たぶん真実は反対だ。お客さんとしてきたおかあさんに、おとうさんが声をかけたのだ。しつこくしつこく食いさがって、デートしてもらって、火もつけられないし段取《だんど》りも悪いし、それでおかあさんはきっと、なんだか気《き》の毒《どく》になって、さっきの私みたいなせりふを言ってしまったにちがいない。だいじょうぶよ、私がやってあげるから、なんて。

「おかあさんなんか、おれにめろめろだったんだぞ」

ビールと、小さな炎《ほのお》で顔を鬼《おに》みたいに赤くしておとうさんがそう強調し、やっぱりうそだ、と私は確信した。

酔《よ》っぱらって、キャンプファイヤなんだから歌をうたおう、フォークダンスを踊《おど》ろうと、すっとんきょうな大声で騒《さわ》ぐおとうさんをむりやりテントに引っぱりこんで、眠《ねむ》る準備をした。おとうさんの拾ってきた新聞紙をしきつめ、その上に、持っている衣類全部をならべて横たわったけれど、やっぱりごつごつと背中が痛かった。おとうさんは相当《そうとう》酔っていたのか、横になると歌もフォークダンスも忘れて、すぐにいびきをかきはじめる。

私は横になって天井《てんじょう》を見あげる。おとうさんの顔くらいの穴があいている。そこから、ぽちりぽちりと星が見えた。小さなまるの中に大きいのやら小さいのやら、ずいぶんたくさんの星がはめこまれている。星はそれぞれ話しあっているように、ちかちかと点滅《てんめつ》して見えた。まるく切り取られた、その小さな小さな星空は、逃亡《とうぼう》中《ちゅう》の私たちにぴったりに思えた。

背中が痛いのといびきがうるさいのとで眠れず、私はずっと頭の上のまるい星空を見ていた。どっちが声をかけたにしても、おとうさんとおかあさんが居酒屋《いざかや》であう前は、知らない同士だったんだなあと、そんなことを考えた。おかあさんはおかあさんでなく一人の女の人として生きていて、おとうさんもおかあさんや私のことなんか知らずに生きていて、ひょっとしたらほかに好きな人がいたりして、朝ごはんを食べたり映画を観《み》たりしていたんだ。私の、髪《かみ》の毛一本も存在しない世界で。そういうことを考えていると、ひどく不思議な気持ちになった。

ふと、自分の体が軽くなって、そのまま浮《う》きあがり、話しあうように点滅する星の合間《あいま》にふわり、と浮いているような感じがした。となりで寝《ね》ているおとうさんも、やっぱりそんなふうに、ふわりふわりと浮かんでいびきをかいているようだった。

山の向こうの、ずっと遠くに、おかあさんも浮《う》いている、ゆうこちゃんもあさこちゃんも、ゆうこちゃんの恋人も、それぞれの場所で、星に引っぱられているようにふわりと浮かんでいる。反対側には寺のおばあさんも、つるつる頭のおじさんもいる。シロとクロとあの男の子も、眠《ねむ》りながら浮かんでいる。目をこらすとはるか向こうに神林《かんばやし》さんも、ちずも、静かに夜空に横たわっている。

星の合間《あいま》の私たちは、おたがいまだであう前の、親子でもなくきょうだいでもなく、知りあいですらない、ただ切り離《はな》された一つのかたまりとして、それぞれの存在なんかまったく知らないもの同士として、ぷかりぷかり夜空に浮かんでいるような気がした。

その日の電話は、思いのほか長かった。私は駅のベンチに腰《こし》かけて、外の電話ボックスにいるおとうさんから視線を外さなかった。いやな予感がする。

こちらに背中を向けているおとうさんは、十円玉をひっきりなしにすべりこませながら、何度も電話に向かって頭を下げている。なんであんなことをしてるんだろう。怒《おこ》られているのだろうか。おかあさんはおとうさんに対してすぐ怒るからな。

駅の時計を見る。もう二十分も、電話ボックスからでてこない。いやな予感はだんだん胸《むね》の中で大きくなり、血液の中に虫が入りこんでしまったみたいに体じゅうがじりじりしはじめる。じっとしていられなくて、私は立ちあがり、駅の構内にならんでいるみやげもの屋を一軒《けん》ずつのぞいて歩く。試食用の、漬物《つけもの》やつくだ煮《に》をかたっぱしから食べていく。

わさびのきいた漬物《つけもの》を口に放りこんだとき、背中で声がした。

「なんだ、腹減ってんのか」

ふり向くとおとうさんが立っている。わさびがからくて私は顔をゆがめた。

「取り引き、成立したぞ」

おとうさんはどこか気取《きど》った、低い声で言った。わさびが鼻にまわり、鼻の奥《おく》がつんとして、右目からぽろりと水滴《すいてき》がこぼれ落ちた。

「ばかだな、わさびなんか十年早いぞ」

おとうさんはそう言って、自分もわさび漬《づ》けを口の中に入れた。

「取り引きは成立したんだ。だからもう、おれにはあんたを拘束《こうそく》する権利はない。即刻《そっこく》キョウコのところにあんたを送りかえさなければならない。そういう約束だからな」

みやげもの屋の漬物コーナーの前で、おとうさんが重々しく宣告《せんこく》するのを、私はどぎまぎしながらきいていた。これからどうなるのかまったく予想ができなかった。

「ただ一つ、問題がある」

私は息を飲んだ。あんたの意見をききたい、おとうさんがそう言うような気がした。私はフルスピードで自分の意見をまとめあげる。私は決心がついている。このまま逃げ続けよう。学校とかおかあさんのこととか、いろいろ心配なことはあるけれど、とりあえず今は全部忘れて、逃げよう。現状維持《いじ》に、賛成《さんせい》一票。

「問題ってのは、つまり、金がないんだ。ここから電車に乗る金がない」

おとうさんがうつむいて言い、私はめまいを感じた。せっかく力《りき》んで自分の意見をまとめあげたのに。お金がないのなら、またどこかでテントを拾って、野宿《のじゅく》をしようではないかと、提案しようとしたが、それより先におとうさんが口を開いた。

「おれはちょっといろいろ調べてくるから、あんたはここで試食を続けててくれ」

そう言い残しておとうさんはみどりの窓口《まどぐち》に入っていった。

カウンターに陣取《じんど》り、時刻表、料金表、地図、あちこちページをめくり、真剣《しんけん》な表情で見つめている。

私は自分の前にあるわさび漬けをもう一度、今度は大量に口の中に入れた。あまりの刺激《しげき》に立っていることができず、しゃがみこむ。しゃがみこんだまま、思いきり漬物をかみくだく。わさびのつんとからい風味が、小さなナイフみたいに口じゅうを傷《きず》つけ、それは鼻の奥やこめかみにまで侵入《しんにゅう》して痛みを与え、私はこめかみを両手でおさえたまま顔をしかめた。額《ひたい》に汗《あせ》がにじむ。私はその冗談《じょうだん》みたいな味を、体全体で感じる。店の奥《おく》からおばさんがでてきて、

「ちょっと、あんただいじょうぶ？　ほら、お茶飲みな」

と、湯飲みに入った冷たい麦茶をさしだしてくれた。

「ありがとう」

受け取って笑いかけると、ようやく、両目から涙《なみだ》がぽろぽろこぼれた。

「あら、まあ」

おばさんは腰《こし》をのけぞらせて笑った。私も笑った。麦茶を飲んでも、涙はなかなかとまらなかった。笑いもとまらなかった。

一番泣きたいときに、私はこんなふうにしか泣くことができない。それがおかしくてたまらなかった。

どこそこまでいけば昔《むかし》の友達だっただれそれが住んでいて、たぶんお金を借りることができる、と、説明するおとうさんの声を、私は上《うわ》の空《そら》できいていた。問題はそこまでいく金もないということだ。幸運なことに、そこはここからそんなに離《はな》れてはいない。歩いてだときついかもしれないが、自転車ならなんとかなるだろうと

思う。

「そこでおとうさんは今から、悪いことをする。できればこんなことはしたくないし、こんなことをするところもハルに見てほしくない。けれどどうしようもないことなんだ」

芝居《しばい》がかったせりふで言って、おとうさんは駅の構内をでた。おもてはいい天気だった。太陽は惜《お》しげなく光をまき散らし、ひりひりするほど暑い。タクシー乗り場をすぎ、バス停をすぎ、私はおとうさんが何をしようとしているのか知る。

「それだけはやめようよ」私はおとうさんのあとを歩きながら、力《ちから》なく言った。

「自転車泥棒《どろぼう》なんてしゃれにならないよ。そんなことするくらいなら、帰るのやめようよ」

駅前の駐輪場《ちゆうりんじよう》に秩序《ちつじよ》正しく整列している自転車をながめていたおとうさんは私をふりかえり、

「じゃあ、手紙を置いていこうか、少しのあいだ借りますって」

なんとすばらしいアイディアだろうと自分で感心したように言う。

「だれがかえしにくるの」

「まあ、だれもこないな」

私を見おろすおとうさんの背後には、車輪のぴかぴか光るいろんなタイプの自転車があった。きっとこの人は、私がいなかったら、なんの罪悪感もなく鍵《かぎ》のかかっていない自転車を拝借《はいしゃく》しちゃうんだろうな、と私は思った。本当のことを言うと、私はそう思うことがうれしかった。夏休みがはじまる前だったら、私のおとうさんは絶対にそんなことをする人じゃない、と言いきれたと思う。でも今、私はおとうさんがどんな人か知っているし、そんなことで、自分がおとうさんをきらいにならないことを知っている。

でもだから、ほかの人の自転車を持っていっていいかというと、それはやっぱりものすごくいけないことのような気がした。その人が大荷物をかかえて自転車を捜《さが》しにきたら？　その人の思いでがびっしりつめこまれた自転車だったとしたら？　自転車をとられたのが私だとしたら？　やっぱりよくない。

自転車置場の少し先に、空《あ》き缶《かん》やビニール袋《ぶくろ》といっしょに古びた自転車がつみあげてあるのを見つけて、私はそっちに近づいた。そこは用なし自転車の小さな墓場《はかば》みたいになっていた。パイプの部分が全部さびて、車輪がとれてしまったのもあるし、サドルがないのもあり、サドルだけ捨てられているのもあり、ペダル部分がないのもあり、折れ曲がっているのもあった。それらはどう見ても捨てられていた。

「ここから使えるものを組み立てよう」私は言った。

それをきいておとうさんは、私の前で自転車泥棒《どろぼう》をしなくてもすみ、かといって徒歩《とほ》で遠くまで向かわなくてもすみ、しかも用なし自転車を組み立てるといういくらか建設的なアイディアに、ものすごくほっとしたような顔をして、

「頭いいなあ、ハルはさあ」と言った。自分がこの人の親になったように感じた。

私とおとうさんは三時間も汗《あせ》をだらだらたらしながら、用なし自転車を組みあわせてものすごくかっこいい一台を作りあげようと苦戦したが、あきらめた。それはどう考えても無理な話だった。ペンチもドライバーも持っていないし、こういうことが先天的に得意なわけでもないのだ。太陽は駅前のビルに半分隠《かく》れている。これでいいよ、と、おとうさんがくず鉄自転車の山から取りだしたのは、真っ黒にさびて銀色の部分が一ミリもない、サドルもなく、ライトはもぎとられ、タイヤにほとんど空気の入っていない一台だった。落ちていたサドルをむりやり押しこんで、

「なんとか走るだろ」

心底つかれているらしい低い声で言った。

「そうだね、いこう」

私も言った。おとうさんが乗り、私は荷台にまたがった。自転車はギシギシと耳ざわりな音をたてながら走りだし、ふり向くと、私たちが作りあげようとした、と言うより、いじくりまわした自転車の残骸《ざんがい》が夕日をあびて悲しげに光っていた。

ペダルをこぐおとうさんもたいへんだろうが、荷台にすわる私もけっして楽《らく》ではなかった。タイヤにほとんど空気が入っていないから振動《しんどう》はじかに伝わり、おしりが痛くてしょうがない。私たちの走る国道沿《ぞ》いは運悪く渋滞《じゅうたい》していて、退屈《たいくつ》している人たちが窓《まど》に顔をぴったりとつけて、おんぼろ自転車に乗る二人連れを目で追っている。

「おとうさん、もっと細い道をいこう」

車の人たちの視線に我慢《がまん》できず私は言ったが、

「迷《まよ》うに決まっているから」

という理由で却下《きゃっか》された。

渋滞の車が目に入らないよう、私は顔をそむけ、右ほほをおとうさんの背中にぴ

ったりとくっつけた。国道の左側は田んぼで、道沿《ぞ》いに背の高い草が続いている。背筋をぴんと伸《の》ばすような草を見ながら思いきり息を吸《す》いこむと、おとうさんの背中のにおいがした。夏の朝、窓《まど》を開け放って、ベーコンをじっくり焼いてるときみたいなにおいだった。私は草の列から目をそらし、すぐ目の前にある、おとうさんの背中を見つめた。それは思ったより広くて、黄ばんだTシャツの真ん中が、まるく汗《あせ》でぬれている。

まるくぬれた部分は地図みたいだった。私たちはその地図の上をどこかへ向けてまっすぐ走っていっているような気がした。

帰るなんて信じられない。そうだ、まだ帰らない。おとうさんの友達が、子供を連れて、どう見てもどこかから拝借《はいしゃく》したおんぼろ自転車でやってくるこんな人にお金を貸《か》してくれるわけがない。そうしたら私たちは帰ることができなくなる。私はおとうさんの、黄ばんだ生地《きじ》の上の小さな地図を、じっと見つめていた。

ならんだ車やどこまでも広がる田んぼがいっせいに金色に光って、やがて溶けてしまうみたいに薄《うす》い紺色《こんいろ》につつまれて、そして全部飲みこまれて真っ暗になってしまっても、私はおとうさんの背中を見つめていた。それは暗闇《くらやみ》にほんのりと白く浮《う》かびあがり、地図はさっきよりも大きくなっている。車道に車は一台もない。みんなどこかへ帰ってしまった。暗闇には、ギシギシと自転車のきしむ音、ペダルをふみこむしゃこしゃこいう音だけが響《ひび》いている。もちろん自転車にランプはついていないから、真っ黒に染《そ》まった車道と反対側にどんな景色が広がっているのかまるでわからない。

「取り引きって、なんだったの」

私はきいた。

「ものすごく、くだらないことだよ」

おとうさんは小さく笑って言った。

「くだらないことってどんなこと？」

おとうさんは答えない。かわりに車輪が悲しげにまわる。

「ハル、悪いな」おとうさんがふと言った。「ケツ、痛いだろ」

今度は私が答えなかった。私はおとうさんの背中にほほをくっつけた。湿ったTシャツの向こうのおとうさんの背中は、びっくりするほど熱かった。

そのまま私は目を閉じ、なぜかゆうこちゃんのことを思いだした。

あんたには悪いけど、私、大きくなるまで、あんたのおかあさんも、あさこちゃんも、あんたのおばあちゃんも、だいっきらいだったんだ、と、ゆうこちゃんが言ったことがある。あれはたしか、おかあさんの仕事が長引いて、おそくまで帰ってこられなかったときだ。たまたまうちにきたゆうこちゃんは私を駅前のピザ屋に連れていってくれた。ピザ屋は駅ビルの最上階にあって、混んでいたけれど、私たちは運よく窓際《まどぎわ》にすわることができた。

私があんたくらいの年のころ、自分の母親も、おねえちゃん二人も大きらいで、私はどうしてこんな家に生まれたんだろうって、ずっと思ってた。私きっと、病院でまちがわれちゃったんだろうな、本当はほかのおうちの子供だったのに、あわてものの看護婦《かんごふ》さんがまちがってわたしちゃったんだな、とか、そんなこと、本気で思ってた。

注文したピザがくる前に、小瓶《こびん》のワインとサラダが運ばれてきて、ゆうこちゃんはそのサラダをフォークでつつきながら、いきなりそんなことを話しはじめたのだった。

あんたのおかあさんとあさこちゃんは、まあ今でもそうだけど、昔《むかし》からものすごい仲よしで、べつに私に意地悪《いじわる》するわけじゃないけど、わかるでしょ？　二人仲よしの人がいて、そこになかなか入れない感じって。いっつもべったり、買い物いっしょにいったり、映画観《み》にいったり、おいしいもの食べにいったり。どうして誘《さそ》ってくれなかったのってあとで言うとするじゃない、するとね、あら、あんたいきたいなんて言わなかったじゃないって言うんだよ。それにさ、二人とも優等生っていうか、いい子ちゃんなの、根《ね》っからの。

おとうさんは、あんた会ったことない人だけどあんたのおじいちゃんね、唯一《ゆいいつ》私のこと気にかけてくれてたんだけど、いそがしい人でさ、めったに会えなかった。しかも私が高校にあがったとき死んじゃったしね。

ゆうこちゃんはサラダをつつくのにあきると、それに手をつけないで、ジュースを飲むみたいにワインを飲んだ。たばこに火をつけ、煙《けむり》を吐《は》きだしては言葉をつないだ。私は窓の外にぽつぽつと灯《とも》る明かりを見ながら、ゆうこちゃんの話をずっときいていた。私にきょうだいはいないし、この家は私の家じゃないなんて思ったことはないけれど、ゆうこちゃんの言うことは不思議とよくわかった。

どうして母親とかきょうだいとか、自分で選べないんだろうって、何度も考えた。

だってずっといっしょにいる、すごく大事なものなのに、それだけは、絶対に選べないんだよ。友達は選べる。服だって、食べ物だって、学校だって、なんだってその気になれば自分で選べるのに、家族だけは選べない。それってちょっと、まちがってるんじゃないのって、私はずっと考えてる子供だったの。

ゆうこちゃんになぜそんな話を突然《とつぜん》するのかときくことはできなかった。なぜだか私はそのときとてもどきどきしていた。もっと続きがききたかった。それで？ ときこうとしたときピザが運ばれてきて、さあ食べよう、とゆうこちゃんは言った。

今もきらいなの、私はピザを一切れ食べたところでゆうこちゃんにきいた。

きらいじゃない、それほど。ゆうこちゃんは答えた。

なんで？ もう一度きくと、ゆうこちゃんはいつもの、秘密《ひみつ》をこっそり打ち明けるような顔つきで、ほかにすごく好きなひとができたから、と答えた。

何それ、全然わかんない、私は言った。ゆうこちゃんはピザのチーズをうんと伸《の》ばしてみせて、でしょうね、と笑った。ゆうこちゃんはピザを飲みこんでからもう一本ワインをたのみ、それもまたぐいぐいと飲んでしまい、こう言った。

ほかのすごく大事なことを選べるようになると、選べなかったことなんかどうでもよくなっちゃうの、きらいなら忘れちゃってもいいんだし、好きならいっしょにいてもいいんだし。それくらいどうでもよくなって考えてみると、それほどきらいでもないってことがわかったから。だから私、よくあんたんちに遊びにいくでしょ。

私はゆうこちゃんの言っていることがよくわからなかったし、ゆうこちゃんもたぶん、何を言ってるかわかっていなかったと思う。なにしろ小瓶《こびん》とはいえワインを二本も飲んでいたのだ。ゆうこちゃんは酔《よ》っぱらって、まっすぐ歩けないのは自分なのに私の手を引いて歩いて、ときどきばか笑いして、帰ってからおかあさんに飲みすぎだと怒《おこ》られていた。

あのときゆうこちゃんが言っていたことはほとんどわからなかったから、ゆうこちゃんはおかあさんたちのことが大きらいだった、でも今はそれほどきらいではない、そしてゆうこちゃんにたくさんお酒を飲ませるとたいへんなことになる、ということ以外、忘れていた。

でもなぜかおとうさんの背中にほほをくっつけて暗闇《くらやみ》に目をこらしているうちに、そのときのことがはっきりと思いだされ、思いだされてもやっぱりゆうこちゃんの言っていることはわからないままだったけれど、なんとなく、いい気分になった。

おとうさんの知りあいの家についたのは早朝だった。

ゆうべは、九時すぎに国道沿《ぞ》いにぽつんと建つラーメン屋を見つけ、おとうさんとカウンターにならんですわり、一杯《ぱい》のラーメンを半分ずつ食べた。きっとそれが最後のお金だったのだろう、おとうさんはビールもたのまなかった。お店の人に私たちの姿はどんなふうにうつったのか、ギョウザを一皿、無言でさしだしてくれた。

それからまた長い時間自転車に乗った。十二時をすぎたころ、さすがにおとうさんはダウン宣言をし、近くにあった公園のベンチで寄りそって眠《ねむ》った。うとうとしかけると蚊《か》が飛んできて、その音ですぐ目が覚めてしまったけれど、そのうちぐっすり眠ってしまった。

体じゅうがかゆくて目が覚めた。腕《うで》も足も蚊に刺《さ》されていた。おとうさんもうめきながら起きて、ぼりぼりと体じゅうをかいた。まだあたりは暗かったけれど、いくか、とおとうさんが低く言い、私は自転車の荷台にまたがった。

草でおおわれた細い川が流れている。にわとりの鳴く声がする。まわりに高い建物は一つもなくて、似たような感じの家が、ぽつんぽつんと離《はな》れて建っている。あたりはまだ夜が明けきっていない淡《あわ》い色で、空も、朝なのか夜なのか決めかねるようにあいまいに白かった。おとうさんは以前にもきたことがあるのか、自転車をおりて迷わず歩き、一軒《けん》の家の前で立ちどまった。

「まだ早いんじゃないのかなあ」

私は言った。

「だいじょうぶ、佐々木《ささき》は早起きだから」

おとうさんはかまわずドア・チャイムを押《お》した。

留守《るす》ではないかと思うほどの長い沈黙《ちんもく》のあと、いきなりドアが開いた。でてきたのはパジャマ姿の男の人だった。目をこすりながらおとうさんを見て、

「おう」と言い、うしろに立つ私を見て、「ああ」と言った。

居間のソファに腰《こし》かけて、佐々木さんがコーヒーを入れてくれるあいだ、家の中

を見まわした。レースのカーテンごしに、生まれたてのような朝日がさしこみ、部屋の中を明るくする。サイドボードの上には写真立てがたくさんならんでいる。部屋のすみには大きな緑の葉をつけた観葉植物が置いてあるが、下のほうの葉は全部食いちぎられたようにぎざぎざだ。食器棚《だな》に目線を動かしたとき、あ、と小さく声をあげてしまった。

白木《しらき》の食器棚の上には、白に黒のぶち模様《もよう》の猫《ねこ》が、置物みたいにすわっていた。置物でないとわかるのは、猫のしっぽがぱたぱたと動いているからだ。

「コーヒーでいいよね？」

佐々木さんはカップを置きながら私にきいた。はい、と大きく返事をする。佐々木さんは何かを取りに台所へ戻《もど》り、それを目線で追って私はまた、あ、と声をだした。冷蔵庫の前に真っ白い猫《ねこ》がすわり、ビー玉みたいな目でじっとこちらをうかがっている。それだけじゃない、テーブルの、重ねられた新聞紙の上には茶色い猫、勝手口のわきの段《だん》ボールの陰《かげ》に真っ黒い猫。すごい。四匹もいる。おとうさんは猫にはかまわずに、音をたててコーヒーをすすり、うまい、と息をもらしている。

佐々木さんはパンのつまったかごを持ってきて私たちの前にさしだし、

「まあパンでも」

と言った。

「朝早くすみません」私は頭を下げてコーヒーを飲んだ。あのときのような、神林《かんばやし》さんに会ったときのような子供っぽいまねだけはしないようにしよう、と思っていた。

「いやいや」佐々木さんも頭を下げた。

佐々木さんは猫みたいな男の人だった。丸顔で、鼻の頭がまるい。鼻を黒くぬってひげをかいたらきっと五匹目の猫になれる。何歳《さい》なのか、よくわからない。おとうさんより年上のようにも見え、うんと年下のようにも見えた。パジャマの胸元《むなもと》に手をつっこんで、ぼりぼりと胸のあたりをかいて自分もコーヒーを飲む。

みゃあ、とか細い声がして目を向けると、台所の扉《とびら》が開いて女の人と猫があらわれた。女の人はおとうさんを見て、

「あら、たかちゃん」

そう言って笑った。女の人の足元にじゃれついている猫は二匹だった。一匹は白に黒《くろ》ぶちのまだ小さな猫で、もう一匹は薄《うす》い茶色。すごい。六匹。

「悪いねえ、突然《とつぜん》」

おとうさんは女の人に言う。すいません、朝早く、私も言ってまた頭を下げた。はじめまして、と女の人は笑いかけた。やっぱり猫《ねこ》みたいな顔をしている。佐々木さんより、動きの早そうな猫。佐々木さんは台所にいって猫の缶詰《かんづめ》を開け、女の人は台所で冷蔵庫《れいぞうこ》を開けたりやかんを火にかけたりし、おとうさんもそっちにいって二人と何か話している。私はソファにすわったまま、缶詰に向かってダッシュしていく六匹の猫をながめていた。

知らない人のうちのにおいだ、と、急に気づいた。去年、クラスのちさとちゃんの家に遊びにいったときのことを思いだす。ここととよく似たような感じの家だったけど、ここはちがうにおいがした。何と何をブレンドしたらそういうにおいになるのか、全然わからない、不思議なにおいだ。知らないにおいを思いきり吸《す》いこむと、私はどこでも落ち着くことができる。猫に似た大人二人が六匹の猫と住む、遠い町の知らないうちでも。

落ち着きすぎてうとうとしかけたとき、ごはんだと、声をかけられた。

台所の大きな四角いテーブルで、佐々木さんと女の人と向きあってすわり、朝ご

はんになった。カーテンからさしこむ太陽はさっきよりくっきりと明るくなっている。テーブルの下にあるステレオで佐々木さんは音楽を流す。いただきます、と手をあわせた。

テーブルにならんでいるのは、スクランブルエッグ、ウインナ、ポテト、プチトマト、スープ、サラダ、かごにつまったパンと、トースト。昨日の夜の、半分ずつの食事を思いだしたら、急におなかが減ってきた。

佐々木さんと女の人は同い年の子供みたいに私に話しかけたりおとうさんに話しかけたりした。

「あれはナツコ、そのとなりがトモキ、真っ黒なのがマツダイラ」女の人は猫《ねこ》の名前を教えてくれた。マツダイラ、という名前がおかしくて私は笑った。

「なんで一匹だけ名字なの」おとうさんがきき、

「だってほら見てみてよ、マツダイラって顔してるじゃない」女の人が答えた。

「でもそしたら、ナツコは、コマツバラって感じがする」思わず私は言った。佐々木さんと女の人は身をのりだし、

「すごい。コマツバラナツコって言うんだよ」

声をあわせて言った。

なんだか、ちさとちゃんのお誕生日会みたいな朝ごはんだった。みんな体が大きいクラスメイトみたいだった。

昼近くなって帰るとき、佐々木さんと女の人と、三匹の猫が玄関《げんかん》まで見送りにきてくれた。

「また遊びにきてよね」女の人は私に言った。

「捨て猫見つけたら連れてきてよ」佐々木さんはそう言って手をふった。

白に黒ぶちの猫が、バイバイと言うみたいにしっぽをぱたぱた揺《ゆ》らしていた。

「あの人たち、おとうさんとどういう関係?」

駅へ向かう途中、私はきいた。駅へは、商店街をまっすぐいくのだと教えられた。

静かな、色のあせたような商店街だった。歩いている人はあまりいなくて、おばあさんや赤ちゃんを抱《だ》いた女の人が軒先《のきさき》にすわってのんびりと話をしている。あの家をでてしまうと、今まで四人と六匹でごはんを食べていたことが夢の中のことだったように感じられた。

「のりちゃんはずうっと昔《むかし》のおとうさんの恋人。佐々木はおとうさんの後輩《こうはい》でのりちゃんの今の恋人」

　おとうさんは答えた。

「うわ」

「ずうううっと昔だよ、へんなこと考えるなよ」

「あの人と結婚《けっこん》してたらきっと私はいなかったね」

「だから結婚しなかったのかもな」おとうさんは鼻歌をうたうように言った。

　自転車乗りや、猫似《ねこに》の二人組みやなんかで、すっかり忘れていた。私たちは帰ろうとしているんだった。

　駅についておとうさんは切符《きっぷ》を買う。日なたに立ち、太陽の攻撃《こうげき》を受けながら、なんと言うべきか考える。もっと逃げよう、そう言ったらおとうさんはなんと言うだろう。今度は私がユウカイ犯《はん》になる。きみにはある程度自由はあるけれど、主導《しゅどう》権《けん》は私にあるんだからな。でも、主導権を握《にぎ》って私はどうしたらいいんだろう。

　切符を買ったおとうさんがこちらを向く。お財布《さいふ》におつりをしまい、買ったばかりの切符を見ながらこちらに歩いてくる。のどの奥《おく》がからからにかわいている。心《しん》臓《ぞう》がばらばらになって体じゅうに散らばってしまったみたいに、体全部、どこもかしこもどきどきしている。

「一時三十五分だって、あと二十分くらいあるけど、どうする、なんか食うか」

おとうさんがきき、私はふいと横を向く。

「混んでるみたいだから、ホームでならんでるか」

おとうさんは改札《かいさつ》に入っていってしまう。しぶしぶあとについていく。

ホームは人でいっぱいだった。みんな夏休み特有のにおいを発散している。日に焼けた子供たちが走りまわり、おかあさんたちがどなり、おとうさんたちは眠《ねむ》たげに新聞を読んでいる。カップルは真冬のさなかみたいにぺったりとくっつき、グループ連れは大声で話しあう。おとうさんは私を家族連れのうしろにならばせ、ジュースと弁当《べんとう》を買ってくると言う。

「ジュース、何がいい？　炭酸か、果汁《かじゅう》か」

おとうさんがきくが私は横を向く。

「てきとうでいいな」

おとうさんは言い残して去っていく。私がおとうさんの段取《だんど》りの悪さとかかっこ悪さになれたように、おとうさんも私の不機嫌《ふきげん》モードになれてしまったらしい。無視なんて、ずっと前、最初に電車に乗ったときにやった方法と同じじゃないか。進歩していない自分がうらめしいが、どうしたらいいのか私にはわからない。おとうさん私はオレンジ、炭酸入ったオレンジじゃないよ、それからビールはやめときなね、トイレいきたくなるからね、なんてにこにこ笑って言う気分になれそうもない。

私の前にならんでいる家族連れの、おとうさんとおかあさんはホームにすわりこんでいる。山歩きをしてきたらしく、二人ともリュックを背負《せお》い、登山靴《とざんぐつ》をはいている。子供はおにいちゃんが二年生くらい、妹が幼稚園《ようちえん》くらいで、両親のまわりをくるくる走って笑い転げている。私に気づいたおにいちゃんが、両親の陰《かげ》に隠《かく》れて、あかんべをしてきたり、イーだと歯を見せたりするけれど、やりかえす余裕《よゆう》が私にはない。妹もまねをして、あかんべ、イーだをくりかえす。両親はこちらに岩のような背中を向けたきり動かない。ばーか、と私に向かっておにいちゃんは口を動かす。その横で妹は狂《くる》ったようにあかんべをしている。

いいなあ。ふと、そんなことを思う。

一分たりとも遅《おく》れずに電車はホームについた。人の波にもまれるようにして電車

に乗りこむ。ぎゅうぎゅうづめだ。私はおとうさんのおなかに顔を押《お》しつけていなければならない。弁当《べんとう》どころじゃないな、頭の上でおとうさんの声がきこえる。電車が走りはじめる。

すぐ近くで女の人が金切《かなき》り声《ごえ》に似た笑い声をあげている。きつい香水のにおいもする。かと思うと唐揚《からあ》げの湿ったにおいもする。赤ん坊の泣く声がどこかからきこえてくる。

「だいじょうぶか、息、できてるか」

おとうさんの声がその合間《あいま》から降ってくる。

無視なんかじゃだめだ。不機嫌《ふきげん》なまま、黙《だま》っていたら家まで連れていかれてしまう。何か、何か言わなければだめだ。私はおとうさんのおなかに顔をこすりつけるようにして、上を向く。おとうさんと目があう。

「おとうさん、私、少しなら貯金がある。子供のころからのお年玉、ほとんど使ってなくて、おかあさんがいつも郵便局《ゆうびんきょく》に預《あず》けてくれるんだよ。だから少しじゃないかもしれない。それ、使ってもいいよ、だから、さ、このまま逃げよう」

私のとなりに立っていた、おなかのつきでたどこかのおやじが私を見おろす。かまわず続ける。

「おかあさんには私が電話する。貯金通帳送れって電話する。だめだって言うと思うけど、なんか言っておどして送らせる。だから」

「しいっ」おとうさんはデブおやじの視線に気づいて指を口にあてた。

「逃げよう」私は少しだけ声を落とす。

おとうさんを見あげるが、おとうさんは首をふる。もう逃げる必要はなくなったんだよ、と、かがんで小さな声をだす。

電車が駅にとまり、人がおり、少しだけ体のまわりにスペースができる。おとうさんのおなかから顔を離《はな》して息を吸いこむ。背伸《せの》びをして車内を見まわすと、あかんべきょうだいとその両親はしっかり席にすわっている。女の子のほうはおかあさんの膝《ひざ》に顔を埋《う》めて眠《ねむ》ろうとしていた。電車はまた、走りだす。

「つぎの駅できっとまた人がおりるから」

そう言うおとうさんの声をさえぎって、私は言った。

「私きっとろくでもない大人になる」

「え?」おとうさんがかがみこんで私の口に耳を近づける。私はもう一度くりかえした。

「私はきっとろくでもない大人になる。あんたみたいな、勝手な親に連れまわされて、きちんと面倒《めんどう》みてもらえないで、こんなふうに、いいにおいのするおいしそうなものを鼻先に押《お》しつけられて、ぱっと取りあげられて、はいおわりって言われて、こんなことされてたら私は本当にろくでもない大人になる。自分たちの都合で勝手に私のことを連れまわして。おとうさんのせいだ。おとうさんたちのせいだからね」

私は泣かなかった。思いきりかんだわさび漬《づ》けの味が思い起こされたけれど、涙《なみだ》はでてこなかった。顔が赤くなるのがわかった。私は猛烈《もうれつ》に怒《おこ》っているのだと、心のどこかで思っていた。

私の訴《うった》えについておとうさんは何も答えなかった。じっと私を見おろしていた。おとうさんが目をそらさないので私もそらさなかった。つぎの駅が近づくとおとうさんはふいに私の手をとり、

「おりよう」

低く言って引っぱった。

つぎの駅でもまたたくさんの人がおりた。おりて、おとうさんが私の願いをきき入れて、またどこかへいくのだと思っていたが、おとうさんはホームに突《つ》っ立《た》ってじっと私を見ている。人々は笑い声をあげながらずらずらと改札《かいさつ》に向かい、あっという間に私たちだけが取り残される。

「お、おれはろくでもない大人だよ」

片手に飲み物の入ったビニール袋《ぶくろ》、片手にお菓子《かし》とお弁当《べんとう》が入ったビニール袋を持ったおとうさんは、私の前に仁王立《におうだ》ちになってそう言った。何を言われているのかわからなくて、私はおとうさんを見あげた。

「だけどおれがろくでもない大人になったのはだれのせいでもない、だれのせいだとも思わない。だ、だから、あんたがろくでもない大人になったとしても、それはあんたのせいだ。おれやおかあさんのせいじゃない。おれはあんたの言うとおり勝手だけど、い、いくら勝手で無責任でどうしようもなくても、あんたがろくでもなくなるのはそのせいじゃない。そ、そんな考えかたは、お、お、おれはきらいだ」

おとうさんは興奮《こうふん》しているらしく、最後のほうでどもった。

「きらいだし、かっこ悪い」

私はおとうさんを見ていた。おとうさんが黙《だま》るとあちこちでせみの鳴きわめく声がきこえた。

「責任のがれがしたいんじゃない。これからずっと先、思いどおりにいかないことがあるたんびに、な、何かのせいにしてたら、ハルのまわりの全部のことが思いどおりにいかなくてもしょうがなくなっちゃうんだ」

おとうさんはそこで言葉を切った。そしてビニール袋からオレンジジュースをだして、乱暴に私に押《お》しつけた。人のいないホームで向きあったまま、おとうさんはビールを、私はオレンジジュースを飲んだ。ジュースはぬるくなって、よけい甘《あま》ったるかった。せみが鳴き、鳴きやみ、また鳴いた。

「おれはこの数日間ものすごく楽しかった。ハルといっしょで楽しかった」

おとうさんは口のはしにビールの泡《あわ》をつけて言った。小さな子供がえばって宣言しているみたいにきこえた。

「私も楽しかった」

小さな声で、私は言った。

おとうさんがビールを、私がジュースを飲みおわったときつぎの電車がすべりこんできた。たくさん人はおりたけれど、それでも車内は混んでいた。さっきの電車がもう一度きたのではないかと思うほど、さっきとよく似た人たちが乗っている。相変《あいか》わらず赤ん坊の泣き声がきこえ、香水とサン・オイルと唐揚《からあ》げのにおいがした。座席《ざせき》にすわった、日に焼けた子供たちは眠《ねむ》りこける両親の合間《あいま》でちょっかいをだしあい、髪《かみ》の長い女の人が男の人に寄りかかって口を開けて眠り、おしゃぶりをくわえた小さな子供がおかあさんの胸《むね》で眠っていた。混んだ電車の中、おとうさんは私の手を握《にぎ》った。私も握りかえした。

いいにおいのするおいしそうなものを鼻先に押しつけられて、ぱっと取りあげられたんじゃない、私はそれを、心ゆくまで食べたんだ、たらふく食べたんだと、急に思った。電車は右に揺《ゆ》れ左に揺れ、子供たちの歓声《かんせい》と女の人のかん高い笑い声が響《ひび》き、私とおとうさんはしっかりと手を握りあって立っていた。

駅についた。あたりはもうすっかり暗くなっていて、駅の白い明かりが、ロータリーを照らしている。買い物袋《ぶくろ》を下げた女の人や、塾《じゅく》のかばんを持った子供たちが、白い明かりの中をいったりきたりしている。うちまでいっしょにいこうと誘《さそ》ったけれど、おとうさんは、遠慮《えんりょ》しておくと答えた。

「またユウカイしにきてね」私は言った。

「おう」おとうさんは大きすぎるサングラスをかけて笑った。

「じゃあ」私は手を顔の位置に持ちあげて、ゆっくりとふった。

「またな」おとうさんは私の肩《かた》をぽんと軽くたたいた。

たくさんの人が行き交《か》うロータリーに足をふみだす。私はユウカイ犯《はん》から解放されたのだ。まっすぐあごをあげて、日に焼けた足や手を大きくふりまわして、ずんずん歩く。帰ったらお風呂《ふろ》に入ろう。汚《きたな》くてくさいこの体を、長い時間かけてていねいに磨《みが》こう。それからアイスを食べながらテレビを見よう。テレビなんてものすごくひさしぶりだ。ゆうこちゃんに電話をかけてもいい。ゆうこちゃんにだけは、この数日間のことを教えてもいい。足がとまらないように、帰ったらすることをとぎれないように考えながら歩いた。

ロータリーのとぎれ目まで歩いて、角を曲がるとき、ふりかえった。改札《かいさつ》から吐《は》きだされたり駅前を行き来する人々の合間に、まだそこに立っているおとうさんが見えた。おとうさんは立ちどまった私に気づいてサングラスを外し、手をふった。

遠くで手をふる小さなおとうさんは、他人みたいだった。まわりにいるそのほかの、赤ん坊を肩車《かたぐるま》したポロシャツの人や、女の人と腕《うで》を組んだ茶色い髪《かみ》の人や、スーツを着た眼鏡《めがね》の人と同じように、知らない人となんのかわりもなかった。だけど、人の合間《あいま》に隠れてはあらわれる、薄汚《うすよご》れたTシャツ姿の、日に焼けた、目尻《めじり》の下がった男の人は、不思議とぴかりと光って見えた。まるで金色のカプセルにつつまれているように。駅の明かりのせいじゃない、キヨスクの明かりのせいじゃない。

そして思った。おかあさんがはじめておとうさんを見たとき、きっと、おとうさんはこんなふうに見えたんだろう。たくさん人がいる中で、一人だけ、特別にぴかりと光って。

私は、あそこに立っている、いつまでもばかみたいに手をふり続けている男の人が大好きだと思った。見知らぬ人とかわりなくても。心の中でそのことを確認してから、私は大きく息を吸《す》いこみ、角を曲がった。

解説

重松　清

父と娘のひと夏のユウカイ旅行を描いたこの物語には、二つの言葉の流れがある。口に出した言葉と、出さなかった／出せなかった言葉——の二つ。

物語の冒頭から、それは繰り返し読者に伝えられる。

〈私はべらべらしゃべった。いつもそうなのだ。緊張すると、言葉がどんどんのどにはいあがってきて、とまらなくなる〉

〈おとうさんはいつもこんなふうにふざけている。真剣にならなくちゃいけないときも、ばかみたいなことばかり言っている〉

〈でもおとうさんがそう言ったのは、きっとほかに何を言ったらいいか思いつかなかったからなんだろう。そんなにおなかは減っていないのに私がファミリーレストランにいきたい、なんて言ったのといっしょだ〉

〈頭の中につぎつぎ浮かぶ考えは細い糸みたいにからまりあって、結局何も言うことができなくなる〉

物語の重心は、もちろん言えなかった言葉のほうに……いやむしろ、言葉をうまく口に出せないもどかしさそのものに、ある。そのもどかしさは、裏返せば、沈黙から逃げるための饒舌《じょうぜつ》にもつながる。

たとえば、おとうさんの謎《なぞ》めいた友人・神林《かんばやし》さんと、主人公の私・ハルはどうしても話をすることができない。

〈私を子供扱いしない人に会ったのはひさしぶりなので、どぎまぎして、ロボットみたいにぎこちない動きで頭を下げることしかできなくて、自分の名前も言えなかった〉

〈たった一言でも神林さんに何か言いたくて言葉を捜していると、ホームからアナウンスがきこえてきた。二番線に電車が参ります、白線の内側までさがってお待ちください、はきはきした女の声がやかましくくりかえし、私の舌の先にのった言葉をのみこんでしまった〉

一方、神林さんと別れたあとのおとうさんは、〈頭がおかしくなってしまったみたいにしゃべり続けている〉。

〈おとうさんは上機嫌のあまりしゃべり続けているのではなくて、困っているのだ。私がずっと口をきかなくて、不機嫌で、その理由がわからないから困っているのだ〉

ああ、わかるなあ——というつぶやきは、きっとあちこちで漏れるはずだ。ハルの沈黙に対しても、おとうさんの饒舌に対しても。『キッドナップ・ツアー』の魅力の、まず第一は、非日常的なユウカイ旅行を舞台にしながら、読者一人ひとりがふだんの生活を振り返って思いあたるぎごちなさやもどかしさを、こまやかに、しかもあくまでも少女の語彙《ごい》で鮮やかに描き出しているところにある。

　物語の本筋にはさほど関係ないところにも、角田光代さんのこまやかな目は行き届いている。一例を挙げるなら、ぼくはこういう箇所を読んだとき、思わず「うわわっ」とうめいてしまうほどの〝「この気持ち、わかる！」感〟に襲われた。旅の序盤、二人が海辺の旅館に泊まったときの場面だ。

〈ほかにすることがないので、色あせたカーテンを開けたり閉めたり、冷蔵庫を開けたり閉めたり、崩れ落ちそうなそなえつけのたんすを開けたり閉めたり、つまり、部屋の中で開けたり閉めたりできるものはみんなそうしてその向こうをたしかめた〉

　あるいは、まだ旅が始まる前だって――。

〈何種類もの料理の写真がのったファミリーレストランのメニューは大好きだ。なんていうか、いろんなことが全部うまくいく、そんな気持ちになるのだ。こわいこととか、心配なことが、色とりどりの料理の陰にすうっと消えていってしまう感じ〉

　簡単な言葉しかつかっていない。くどくもない。文章の運びはゆるやかで、やわらかで、肩にいささかも余分な力は入っていないのに、ほかに言い換えようのない強さが、確かにある。そんな角田光代さんに、ぼくは読み手として全面的に惹《ひ》かれているし、同業者の端くれとして大いに憧《あこが》れてもいるのだ（しかも、このファミリーレストランのメニューにまつわる美しい一節は、物語の終盤で微妙にかたちを変えて再登場するのだが……それは読んでのお楽しみ）。

もっとも、こんなふうに得々と解説文を書いていると、どこかから「おじさんのくせに」という鼻白んだ声も聞こえてくる。本書を最も愛するはずの若い読者たちの声だ、きっと。

確かに、本書は大ざっぱに言えば「児童文学」に属する作品で、ハルの一人語りで物語は進行していて、「ハルに寄り添える資格は、おまえのようなおじさん（オトナの男）にはないはずだ」と言われてしまえば、まったくもって返す言葉はない。

それでも、この作品はほんとうに〝少女の、少女による、少女のための〟、言い換えれば少女という特権性に頼った、閉じた物語なのだろうか？

違うよな、とぼくは思うのだ。

ハルが小学五年生であることは旅が始まってしばらくたつまで明らかにされないし、その学年や年齢も物語の最後まで強調されることはない。小学五年生の女の子なら、芽生えかけた〝性〟を読者に意識させてしまうものだが、ハルはクラスでいちばん背が低い子として設定されている。ここ、すごく絶妙だな、と思う。まなざしや言葉や思いはオトナへの入り口に立っていても、体のほうは思春期にさしかかった〝性〟のなまなましさを必要以上には感じさせない。現実と寓話《ぐうわ》のバランスと呼ぼうか、『ピーターパン』のティンカー・ベルを思いだしてみようか、とにかくその絶妙な立ち位置で語られるからこそ、物語はきっぱりとした清潔感に満ちて、ハルの性や年齢は普遍へと開かれていくのだ。

もちろん、本書が優れた〝父親と娘の物語〟であることは間違いない。異性の父親と娘ならではの物語の手触りや風向きは随所で感じ取ることができるし、少女の一人語りのみずみずしさや伸びやかさ、せつなさも、本書の魅力をかたちづくる大きな要素になっている。だが、それを大前提として認めたうえで、あえて言わせてもらいたい。『キッドナップ・ツアー』は、父親と娘の旅を素材にして、「ひと」と「ひと」との関係について綴《つづ》られた物語ではないか。そして、旅をつづけるにつれてハルが獲得する――角田光代さん自身もきっと信じているはずの、「ひと」と「ひと」との幸福な関係こそが、本書のキモなのではないか、と……。

二人きりの旅が、離れていた親と子の心を結びつける――そんな物語はいままでにいくらでも描かれていたし、これからだっていくらでも生み出されるだろう。

そこいらの書き手なら（たとえば「重松清」でもいいんです）、旅の途中で父親に

〝親子の絆《きずな》〟についての台詞《せりふ》を吐かせるだろうし、それを再発見する挿話を安易に置いてしまうだろう。拙稿冒頭に書いた〝口に出した言葉と、出さなかった／出せなかった言葉〟の話で言うなら、〝口に出した言葉〟がいかにつまらないものであるかをことさら際立《きわだ》たせて、終盤の和解の瞬間へと導いていくだろう。

だが、角田光代さんは、そんな物語の予定調和の臭みをするりとかわす。ハルとおとうさんは、〝口に出せなかった言葉〟をうまく言えるようになるのか――これが物語の後半の読みどころであることは確かで、旅の終わりに交わされる二人の会話は、ぎごちなくて、もどかしくて、だから胸に深々と迫ってくるのだが、その一筋の流れだけで終わらないのが本書の最大の魅力なのだ。

おとうさんの、この、得体の知れない、わけのわからなさは、どうだ。年齢職業ともに不詳で、我が家からいなくなった理由も説明されず、甲斐性《かいしょう》がなく間抜けな父親のシリアスな素顔をハルが垣間見《かいまみ》る瞬間も、物語には用意されていない。もしかしたらおとうさんには〝口に出せなかった言葉〟なんてないんじゃないか、とさえ思えてくるし、だいいちユウカイがなにを目的としているかすら読者には最後の最後まで示されないのだから、まったくつかみどころがないではないか。

ないないづくしの、けれど不思議と魅力的な父親――だからこそ、苦し紛れに〝口に出した言葉〟、いわば物語の表面を流れる言葉が、決して〝口に出さなかった／出せなかった言葉〟の引き立て役になっていない。

角田光代さんは、「ひと」と「ひと」がお互いにたいせつなことを言えないぎごちなさやもどかしさを愛しながら、代わりにしゃべってしまう、どうでもいいような言葉へも愛《いと》おしさを注ぐ。「ひと」と「ひと」とのつながりには、じつはそうしたささやかな言葉のやり取りが欠かせないのだと教えてくれる。

最新エッセイ集『今、何してる?』(朝日新聞社刊)の中に、電車の中で見かけた若いカップルについての、こんな一節がある。少し長いが引用させてもらいたい。

〈会話が筒抜けである。あれさーおいしかったよねー。厚底サンダルの女の子が言い、おーまじうまかったなー。半ケツジーンズの男の子が言う。また食べたいよねー、かなりうまい部類だぜえ。あれなら並んでもいいよねー。まじうまいもんなー。その会話のあまりの中身のなさに、私はあきれはてていたのだが、川を二本越え電車が都内に入っても彼らはまだ、てゆうかさーまた食べたいんですけど。あれなー、超うまかったもんなー。と、それだけで会話を成り立たせており、いつしか私はその、言葉の絶妙の嚙《か》み合い具合に感動し、あんたたち、たがいを離すなよ、なんてひそやかにエールをおくりつつ降車駅で彼らを見送った〉

『キッドナップ・ツアー』の二人の〝口に出した言葉〟だって、そうだ。ハルをいらいらさせたり不機嫌にさせたりしながらも、不思議と、奇妙に、なんとなく、嚙み合っている。そんなやり取りがあるからこそ、おとうさんは〝カッコよさそうに見えて、じつは死ぬほどカッコ悪い〟決め台詞を言わずにすむのだし、物語の着地点もつまらない予定調和の〝親子の絆の再確認〟に陥らずにすんでいる。

じゃあ……と一瞬、不安そうに訊《き》くのは、たぶん親の世代の読者だろう。〝親子の絆の再確認〟で終わらないのなら、じゃあ、この二人はどうなっちゃうんだ？

もちろん、それをしたり顔で解説文に書き込むのは、愚の極み以外のなにものでもない。旅の中盤、夜の海に二人で浮かぶ場面や、終盤でキャンプをした夜の場面に、ヒントはある。とても美しい言葉でそこに書かれた「ひと」と「ひと」との関係についての文章は、『キッドナップ・ツアー』にかぎらず、角田光代さんの書くすべての作品の根底に流れているもので、それを思えば、本書は、親であることの窮屈さに苦しんでいるオトナにこそ必要な物語なのかもしれない。

（平成十五年五月、作家）

この作品は平成十年十一月理論社より刊行された。

キッドナップ・ツアー

新潮文庫　か-38-1

平成十五年七月一日発行
令和五年五月五日十九刷

著者　角《かく》田《た》光《みつ》代《よ》
発行者　佐藤隆信
発行所　株式会社新潮社

郵便番号　一六二―八七一一
東京都新宿区矢来町七一
電話　編集部(〇三)三二六六―五四四〇
　　　読者係(〇三)三二六六―五一一一
https://www.shinchosha.co.jp

価格はカバーに表示してあります。

乱丁・落丁本は、ご面倒ですが小社読者係宛ご送付ください。送料小社負担にてお取替えいたします。

印刷・株式会社光邦　製本・株式会社植木製本所

ISBN978-4-10-105821-4 C0193